Gullivers Bücher
Taschenbücher für Kinder
Band 58

Waldrun Behncke

Gottfried, das fliegende Schwein

Erzählung

Bilder von Jutta Bauer

BELTZ
& Gelberg

Waldrun Behncke, geboren 1941 in Hamburg, studierte Germanistik und Philosophie. Anschließend arbeitete sie als freie Journalistin und war in der Behindertenarbeit tätig. Heute lebt und arbeitet sie als Fotografin in Frankfurt am Main.

Jutta Bauer, geboren 1955 in Hamburg, studierte an der Fachhochschule für Gestaltung. Für das Programm Beltz & Gelberg illustrierte sie bereits mehrere Kinderbücher, so *Der Hund kommt!* von Christine Nöstlinger und *Sofie macht Geschichten* von Peter Härtling.

Die Bilder zu *Gottfried, das fliegende Schwein* wurden mit dem Troisdorfer Bilderbuchpreis 1985 ausgezeichnet.

Gullivers Bücher (58)

Programm Beltz & Gelberg, Weinheim

Reihenlayout und Einband von Wolfgang Rudelius
Einbandillustration von Jutta Bauer
Gesamtherstellung Druckhaus Beltz, 6944 Hemsbach
Printed in Germany
ISBN 3 407 78058 3
2 3 4 5 6 94 93 92 91 90

INHALT

Gottfried fährt in Urlaub

Es war einmal ein Schwein, das war sehr nett. Es lag am liebsten auf der Wiese und träumte vor sich hin. Gottfried hieß das Schwein. Gottfrieds größter Wunsch war es, zu fliegen...

»Ach, wenn ich nur fliegen könnte«, sagte er, »durch die Wälder, durch die Auen! Wie schön wäre das!«

Nun war Gottfried ein rundliches und sogar ziemlich dickes Schwein. Da war es natürlich nicht leicht zu

fliegen. Wenn man allein an das Gewicht denkt! 280 Pfund wog Gottfried, das ist ungefähr so dick wie eine Tonne.

»Ach, Fliegen... Fliegen ist meine schönste Beschäftigung«, sagte er. Er holte tief Luft und plusterte sich auf, bis er ganz rot war. Dann flatterte er mit den Ohren. Aber es nützte nichts. Keinen Zentimeter kam er vom Boden hoch.

Nachts träumte er davon, wie er durch den weiten blauen Himmel segelte und an eine Wolke stieß. »Hoppla«, sagte er. Dann legte er sich auf die Wolke drauf und kugelte sich darauf herum, als wenn sie ein riesiger Wattebausch wäre.

»Schö-ö-ön«, sagte er und war sehr glücklich. Aber das war leider nur ein Traum. Denn als er die Augen aufmachte, da lag er im Stroh, mitten in einer Jauchepfütze.

Gottfried wurde traurig und immer trauriger. Bald lag er nur noch da, kaute an einem Apfelstrunk oder an einer Kartoffel herum und wurde immer dicker.

»So geht das nicht weiter«, sagte er, »ich muß mal in Urlaub. Eine Abwechslung wird mir guttun.«

Er nahm sein Geldtäschchen, das einen langen Riemen hatte, und band es sich über die Schulter. Dann marschierte er los, immer geradeaus, immer rüsselwärts der Nase nach. Aber nach zehn Minuten

konnte er nicht mehr. Autos donnerten an ihm vorbei und bliesen ihm Staub und Qualm ins Gesicht. Gottfried keuchte und schwitzte, und seine Augen tränten.
Da hielt ein freundlicher Lastwagenfahrer an und nahm ihn mit. Sie fuhren eine ganze Zeit, bis die Straße nicht mehr weiterging. Da waren sie an der Nordsee. Gottfried stieg aus und bedankte sich höflich.
»Gern geschehen«, sagte der Lastwagenfahrer, »und schönen Urlaub noch!«
Er fuhr davon, und Gottfried winkte ihm noch lange nach.
Als erstes ging Gottfried zur Nordsee. Da saß er eine ganze Weile und sah über das weite, weite Meer. Die Sonne ging gerade unter. »Hier möchtest du bleiben«, sagte er zu sich selbst und seufzte tief. Da wehte ihm der Wind die Ohren hoch, und er fing an zu frösteln.
Im Galopp lief er in den nächsten Ort. Es war ein kleiner Badeort, wo Leute aus der Stadt sich Zimmer nehmen und Urlaub machen. An einigen Häusern waren Schilder angebracht: »Zimmer frei«. Gottfried ging von Tür zu Tür und fragte nach einem Zimmer. Aber er hatte kein Glück. Einer sagte: »O Gott, ein Schwein! Wo kommt das denn her?« und

knallte die Tür zu. Einer sagte: »Tut mir leid, ist grade alles besetzt.« Einer sagte: »Mein schöner neuer Teppichboden! Nein, kommt nicht in Frage.«
Obwohl es Sommer war, war der Abend kalt, sehr kalt sogar. Das hat man manchmal an der Nordsee. Gottfried fror immer mehr und war rundherum ganz blau und klapperte mit den Zähnen.
Da kam er zum letzten Haus. »Ach, bitte, ach, bitte, daß es jetzt klappt!« flüsterte er. Er klingelte, und eine Frau öffnete die Tür, sie hieß Mimi Lütt.
»Bitte, kann ich hier wohnen?« krächzte Gottfried.
»Selbstverständlich«, sagte Mimi Lütt. »Schweine bringen Glück, das ist doch bekannt.«
Da sah sie, daß Gottfried fror. »Armer Kerl«, sagte sie, »du zitterst ja, komm man rein.«
In dem Augenblick, als Gottfried ins Haus ging, fiel er hin, so erschöpft war er.
»Willi, Willi«, rief Mimi Lütt, »hilf mir mal, ein Schwein liegt im Flur!«
Mimi Lütts Bruder Willi kam auch sofort. Er und Mimi wohnten nämlich zusammen in dem Haus. Sie transportierten Gottfried auf das Sofa im Wohnzimmer und wickelten ihn in eine Decke. Mimi machte einen Hagebuttentee, und den schlürfte Gottfried in sich hinein. Dann schlabberte er noch eine Schüssel mit Kartoffelbrei leer.

Willi Lütt lief immerzu in der Stube herum und sagte: »Hoffentlich wird er uns nicht krank. Schweine sind sehr empfindlich, weißt du.«
»Ach was«, sagte Mimi, »wird schon gutgehn.«
Sie strich Gottfried über den borstigen Kopf, und er grunzte zufrieden. Und am Ende des Tages lag er in Mimi und Willi Lütts Gästezimmer, unter einem dicken, weichen Federbett. Es war das erstemal in seinem Leben, daß er in einem richtigen Bett schlief.

Das Frühstück

Am andern Morgen wachte Gottfried mit einem sehr schönen Gefühl auf. Er hatte wieder geträumt, er würde fliegen. Jetzt fühlte er sich wunderbar leicht wie eine Flaumfeder. Mit einem eleganten Satz kam er aus dem Bett. Dann kratzte er sich am Bettpfosten. Waschen tat er sich nämlich nur, wenn es unbedingt nötig war. Er sah sich im Spiegel an und lächelte sich freundlich zu. Wirklich, er war ein schöner Schweinerich! Ordentlich stachelig rundherum, und dann das herrlich gebogene Ringelschwänzchen!

»Es ist schön, ein Schwein zu sein«, sagte er und drehte sich vor dem Spiegel hin und her. Dann band er sein Geldtäschchen um und ging die Treppe hinunter.

Kaffeeduft umwedelte seine Nase.

Er ging in den Frühstücksraum und sah sich erst mal um. An einem Tisch saß ein hübsches kleines Mädchen in einem weißen Kleid, und daneben saßen ihre Eltern. Das Mädchen hieß Cornelia Kopittke, und die Eltern hießen Herr Kopittke und Frau Kopittke.

»Hallo«, sagte Gottfried.

»Hallo«, sagte Cornelia und lächelte ihn an.

Gottfried setzte sich neben Cornelia hin. Da sah er, was auf dem Tisch alles stand: knusprige Brötchen und Quark und Kirschmarmelade und saftige Butter. Und obwohl er Hunger hatte, legte er die Pfoten bescheiden auf den Tisch und wartete, bis er sein eigenes Frühstück bekam.
Trotzdem sah Herr Kopittke ihn die ganze Zeit böse an.
Da kam Mimi Lütt mit einer Kanne Kaffee herein.
»Hör'n Sie mal, da sitzt ein Schwein«, sagte Herr Kopittke.
»Seh' ich«, sagte Mimi Lütt, »na und?«
»Aber hör'n Sie mal, das geht doch nicht«, sagte Herr Kopittke.
»Wieso?« Mimi Lütt stellte die Kaffeekanne knallend auf den Tisch. »Wieso geht das nicht?«
»In einem ordentlichen Haus gibt's keine Schweine«, sagte Herr Kopittke. »Schweine schmatzen und stinken und alles.«
»Dieses Schwein schmatzt nicht und stinkt nicht«, sagte Mimi Lütt. »Wenn jemand schmatzt und stinkt, dann sind Sie es!« Und sie hob die Kaffeekanne hoch in die Luft. Es sah aus, als wollte sie den Kaffee Herrn Kopittke gleich auf den Kopf gießen.
Herr Kopittke stand auf. »Das ist ja unerhört!« rief er.

Aber Mimi war gar nicht böse, im Gegenteil, sie freute sich. »Woll'n wir ein Kämpfchen machen?« fragte sie. »Ach, bitte, machen Sie doch ein Kämpfchen mit mir!« Das war wirklich komisch bei Mimi Lütt, immer wollte sie so gerne kämpfen.
»Mit Frauen kämpfe ich nicht«, sagte Herr Kopittke.
Mimi Lütt war sehr enttäuscht und nahm wieder die Kaffeekanne zur Hand.
Da stieg Gottfried auf seinen Stuhl. Er wollte zeigen, was er Schönes konnte. »Ich kann fliegen!« krähte er. »Fliegen kann ich, ich kann fliegen!«
»Das gibt es nicht«, sagte Herr Kopittke. »Schweine können nicht fliegen. Kann er fliegen?«
»Wenn er es sagt, wird er es ja wohl können«, sagte Mimi Lütt. »Nicht viele Schweine können fliegen. Aber er kann es.«
Cornelia kicherte, und jetzt kam Gottfried erst richtig in Schwung. »Ja! Kann ich!« rief er. »Fliegen, fliehiiiegen!« Seine Stimme überschlug sich.
»Dann flieg doch mal«, sagte Mimi Lütt. »Zeig den Dusseln, was du kannst!«
Gottfried war jetzt wie im Traum. Er schloß die Augen, atmete tief aus und ein, hielt die Luft an, und ... Da, ein Satz – und schon war er im blauen Himmel. Weiße Wölkchen zogen an ihm vorbei. Er

wollte sie festhalten, aber leider ... leider war es nur die Tischdecke mit dem Kaffeegeschirr. Gottfried war gegen den Tisch gestoßen und hatte alles mit sich zu Boden gerissen. Und nun lag er da und war in die Tischdecke eingewickelt. Und wie sah er aus! Ein Klecks Marmelade klebte auf seinem Rüssel. Ein Stück Butter steckte hinter dem Ohr und tröpfelte auf seine Backe.
Mimi Lütt half ihm auf die Beine. Gottfried hatte Tränen in den Augen. Und durch die Tränen hindurch konnte er eben noch sehen, wie Cornelia Kopittke ihn anlächelte.

»Mach dir nichts draus«, sagte Mimi Lütt.
Sie brachte Gottfried in die Küche. Dann wischte sie ihn ab und stellte ihm sein Frühstück hin. Aber Gottfried war ganz zerknirscht. Traurig blickte er in seine Kaffeetasse. »Wie schwer ist das Leben«, seufzte er, »wie schwer!«
»Mensch, Gottfried«, sagte Mimi, »das bißchen Fliegen wirst du auch noch schaffen. Und jetzt iß, daß du was wirst.«
Aber es war nichts anzufangen mit ihm. Dauernd schniefte und rüsselte er vor sich hin.
Mimi holte sich die Kartoffeln und fing an, Kartoffeln zu schälen. Da kam Willi in die Küche. Er wunderte sich, daß Gottfried so traurig war.
»Er möchte gern fliegen«, erklärte Mimi.
»Das versteh' ich«, sagte Willi Lütt. »Ferne Länder sehn, zum Beispiel Indien oder Amerika...«
»So weit kann ein Schwein nicht fliegen«, sagte Mimi. »Höchstens bis Hamburg. Wenn überhaupt.«
»Wenn ich fliegen könnte, würde ich aber weiter fliegen«, sagte Willi.
»Du kannst aber nicht fliegen«, sagte seine Schwester, »du bist ja kein Schwein.«
»Daß man das nicht lernen kann«, grübelte Willi

Lütt. »Ich meine, man erspart sich die Bahn oder den Autobus. Das kommt billiger.«
Und so redeten sie noch eine Weile hin und her und träumten vom Reisen und von fernen Ländern.
Auf einmal hörten sie ein Geräusch. Es war Gottfried. Er saß vor seinem Kaffeekännchen und summte vor sich hin. Die Augen hatte er zugemacht. Er lächelte und wedelte mit den Ohren und wiegte sich immerzu hin und her. Und auf einmal... auf einmal erhob er sich in die Luft. Er kreiste einige Male über dem Küchentisch, dann schwebte er hinab und kam neben dem Kartoffeleimer zum Stehen. Er schlug die Augen auf und strahlte: »Ich bin geflogen! Ich bin geflogen! Oh, wie ist das Fliegen schön!«
Mimi Lütt klopfte ihm auf die Schulter. »Mensch, Gottfried, das war Klasse!«
Willi stopfte sich seine Pfeife. Er mußte sich erst mal beruhigen. Dann sagte er bedächtig: »Gut war das auf jeden Fall. Aber bis Amerika würde er damit nicht kommen.«

Gottfried war glücklich. »Hm, hm, hm«, brummte er und »ach, ach, ach« und »Es ist schön, ein Schwein zu sein.« Dann konnte er es im Haus nicht mehr aushalten. Er lief nach draußen, die Nordseestraße entlang zum Strand. Jetzt wollte er endlich mal richtig Urlaub machen.
Am Strand traf er Cornelia. »Spielst du mit mir?« fragte sie.
»Ja, ja«, sagte er und schnüffelte vor Freude. Er fand sie nämlich so süß.
Sie setzten sich in den Sand und erzählten sich was. Cornelia erzählte von der Schule und von ihren Freundinnen. Und Gottfried erzählte vom Fliegen.
»Das muß schön sein«, sagte Cornelia. »Weit, weit, immer weiter, bis ans Ende der Welt.«
»Die Welt ist nie zu Ende«, sagte Gottfried, »nie.«
»Ist das wirklich wahr?« Cornelia runzelte die Nase. »Dann kannst du immer weiterfliegen? Immer, immer weiter?«
Gottfried sah in den Himmel. »Ja«, sagte er, »ich kann praktisch immer weiterfliegen. Vielleicht tue ich es auch.«
»Aber du kommst doch zurück?« sagte Cornelia. »Bitte, bitte komm zurück!«

Gottfried versprach es.
Sie sammelten Muscheln am Strand. Gottfried fand eine große Muschel. Er hielt sie sich ans Ohr und hörte sie rauschen. Das war schön.
Dann bauten sie eine Sandburg und verzierten sie mit den Muscheln. Cornelia legte mit den Muscheln Muster in den Sand: Wellen und Kreise, und dann auch Krebse und Seesterne.
Dann spielten sie, die Sandburg wäre ein Schiff. Ein Stück Holz nahmen sie als Mast und setzten sich in das Schiff hinein. Gottfried sollte der Kapitän sein.
»Hoiho, Kapitän, ein Sturm«, sagte Cornelia. »Sehen Sie die dicken, schwarzen Wolken? Huhu, Windstärke 87!«

»Ein Sturm?« Gottfried wunderte sich. »Ich seh' keinen Sturm.«
»Aber Kapitän«, sagte Cornelia, »Sie müssen das doch merken. Wir schaukeln immer mehr, wir gehn gleich unter! Kapitän, tun Sie was!«
Und da sah Gottfried auch den Sturm. Dicke, schwarze Wolken jagten über den Himmel. Es blitzte, donnerte und krachte.
»Kapitän, ich hab' Angst!« rief Cornelia und klammerte sich an ihn.
»Ruhig, nur ruhig«, sagte Gottfried. Und mit aller Kraft steuerte er das Schiff durch die hohen Wellen. Er steuerte so stark, daß das Schiff beinahe über das Wasser flog.
Da hörte das Gewitter auf. Die Sonne schien wieder.
»Gottfried«, sagte Cornelia, »du bist das beste Schwein, das ich kenne. Du bist so mutig, du bist so interessant.«
»Wirklich?« sagte Gottfried.
»Ja«, sagte Cornelia und gab ihm einen Kuß.
Da freute Gottfried sich sehr.

Am Abend waren Mimi Lütt, Willi Lütt und Gottfried im Wohnzimmer versammelt. Sie sahen fern.

Gottfried saß in der Sofaecke und hatte sich ein paar Kissen in den Rücken geschoben. Sie sahen das Werbeprogramm und aßen Kartoffelchips. Gottfried ließ noch einmal den heutigen Tag an sich vorüberziehen. Was er nicht alles erlebt hatte! Er grunzte zufrieden. So schön hatte er sich den Urlaub an der Nordsee nicht vorgestellt.

Am nächsten Tag sagte Mimi Lütt: »Gottfried, ich geh' zu Karstadt, Knöpfe kaufen. Kommst du mit?« Er ging mit. Sie gingen die Nordseestraße hinunter zum Marktplatz.
Auf dem Weg guckten die Leute natürlich. Einigen war es gar nicht recht, daß Mimi Lütt mit einem Schwein herumspazierte.
»Da sieht man mal, was so ein Schwein ausmacht«, sagten sie. »Gleich trägt die Mimi Lütt die Nase hoch.«
Klar, daß Mimi stolz auf Gottfried war. Wer hat denn schon ein fliegendes Schwein im Haus. Aber daß er fliegen konnte, das wußten die Leute ja nicht. Sie dachten, Gottfried wäre ein ganz normales Schwein.
Gottfried und Mimi Lütt gingen bei Karstadt hinein. Sie gingen gleich in die Knöpfeabteilung. »Fünf Hosenknöpfe bitte«, sagte Mimi zur Verkäuferin.
»Ach«, sagte die Verkäuferin und zeigte auf Gottfried, »bestimmt wollen Sie Ihrem Liebling eine Hose nähen. Da brauchen Sie auch einen Reißverschluß.«
»Schwein mit Reißverschluß«, brummte Mimi Lütt, »so weit kommt es noch!«

In der Zwischenzeit hatte Gottfried die Rolltreppe entdeckt und fuhr in den ersten Stock. Er landete in der Sportabteilung. Da waren Tennisschläger, Fußbälle, Trainingsanzüge und alle möglichen anderen Sachen. Gottfried schnüffelte herum.
Sofort kam der Verkäufer an. »Sie wünschen bitte?«
»Ich wollte mich nur mal umsehen«, sagte Gottfried.
»Bitte, bitte«, sagte der Verkäufer, aber er beobachtete ihn scharf. Er wollte doch mal sehen, was ein Schwein in der Sportabteilung suchte.
Gottfried kam zu den Schwimmsachen. Da waren Schwimmbrillen und aufblasbare Schwimmringe und Schwimmwesten.
Gottfried schnüffelte. Sofort kam der Verkäufer angerannt. »Wollen Sie diese Schwimmweste haben?«
Gottfried wollte höflich sein und fragte: »Gibt es vielleicht etwas Ähnliches?«
»Ja«, sagte der Verkäufer, »diese Schwimm*flügel.*«
Gottfried stutzte. »Kann man damit fliegen oder was?«
Der Verkäufer fand diese Frage zu komisch und machte einen Witz: »Sicher kann man damit fliegen, klar kann man damit fliegen, haha!«, und wollte sich kaputtlachen. »Haha, mit Schwimmflügeln fliegen, haha, dieses Schwein ist doch zu dumm!«

Super

Da probierte Gottfried die Schwimmflügel an. Und es passierte folgendes: Im selben Moment, als er sie anhatte, erhob er sich vom Boden und flog los. Er flog über die Sportabteilung, die Damenmodeabteilung, die Herrenmodeabteilung und die Kindermodeabteilung. Als er so still dahinsegelte, dachten die Leute, er wäre ein aufgepustetes Luftkissenschwein. Sie regten sich daher nicht weiter auf. »Was soll denn das«, sagten sie, »wieder so eine Reklame«, und sahen kurz zu Gottfried hin und wieder weg.
Als Gottfried in die Sportabteilung zurückkam, fiel der Verkäufer halb in Ohnmacht. »Das ist... das ist ja...« stotterte er.
»Ich nehme die Flügel«, sagte Gottfried, »die sind gut.« Er kaufte vier Stück und ließ sie sich in eine Tragetüte packen.
Er fuhr die Rolltreppe wieder hinunter. Mimi Lütt war noch immer in der Knöpfeabteilung. Sie suchte immerzu in den Knöpfen herum. Sie hatte gar nicht gemerkt, daß Gottfried weggegangen war. Endlich hatte sie ihre fünf Hosenknöpfe gefunden. Dann trotteten beide nach Hause.

GOTTFRIED IST DER MUTIGSTE VON ALLEN

Am Nachmittag ging Gottfried mit Cornelia ins Schwimmbad. Seine Schwimmflügel nahm er natürlich mit. Aber es war komisch mit den Schwimmflügeln: Diesmal halfen sie ihm gar nicht. Kein bißchen konnte er fliegen.
Zitternd und frierend stand er am Beckenrand.

»Gottfried, komm rein!« rief Cornelia. Sie schwamm im großen Becken herum. Aber er mochte nicht ins Wasser. Er konnte Wasser nicht ausstehen!

»Angsthase! Pfeffernase! Morgen kommt der Osterhase!« riefen die Kinder, die da herumplanschten.

Da kletterte er in das Nichtschwimmerbecken. Puh, war das Wasser kalt und naß! Die Kinder ärgerten ihn. Sie bespritzten ihn, zwickten ihn in den Bauch und tauchten ihn unter.

»Ihr Blöden!« zischte Gottfried. Wenn die gewußt hätten, daß er fliegen konnte!

Da kam auch schon Cornelia. »Laßt ihn in Ruhe!« schrie sie die Kinder an. Aber die spritzten und tobten nur noch mehr. Ein Kind kletterte sogar auf seinen Rücken und zog ihn an den Ohren.

Da wurde es Gottfried zu bunt. Mit einem Ruck befreite er sich und sprang aus dem Becken heraus.

Und da, da sah er etwas: ein Sprungbrett. Nein, es war eigentlich kein Sprungbrett, sondern ein Sprungturm, zehn Meter hoch. Nur wenige Mutige wagten, da herunterzuspringen.

Sofort lief Gottfried zu dem Sprungturm hin und kletterte hinauf. Als er oben stand, wurde ihm schwindlig. Aber er wollte springen, er wollte. Er wollte allen zeigen, was er konnte.

»Spring nicht, Gottfried!« rief Cornelia.
Auch andere Leute riefen: »Nicht springen! Nicht springen! Das ist gefährlich!«

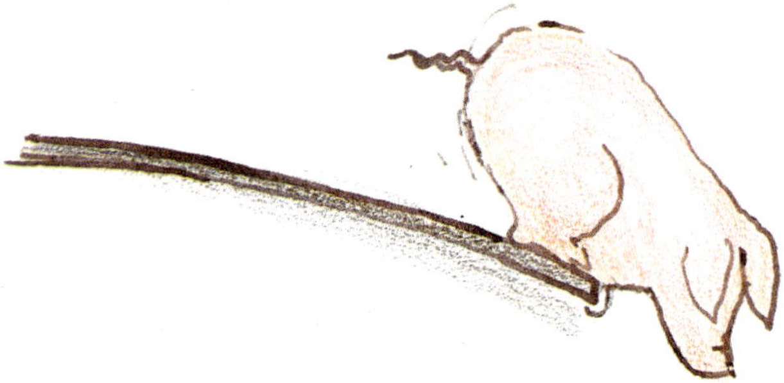

Gottfried machte die Augen zu und sprang. Oh, wie er sprang! Er machte sogar einen Überschlag in der Luft und eine doppelte Schraube.
Leider konnte er nicht schwimmen. Der Bademeister mußte ihn mit einer Stange herausfischen. Aber das machte nichts. Alle standen um ihn herum und bewunderten ihn. »Nein, war das ein phantastischer Sprung!« sagten sie. Und: »Es ist ihm doch nichts passiert?« Und: »Gott sei Dank, er schnauft wieder.«
»Du bist der Mutigste von allen«, sagte Cornelia und gab ihm einen Kuß.
Die frechen Kinder waren ganz schön still geworden.

Der Kirschbaum

Am nächsten Tag sagte Mimi Lütt: »Gottfried, flieg mal eben in den Kirschbaum und hol mir ein paar Sauerkirschen runter. Ich hab' keine Zeit.«

Gottfried saß gerade beim Frühstück und hatte eigentlich auch keine Zeit. »Immer muß man arbeiten«, sagte er, »arbeiten und arbeiten. Und wo bleibt der Urlaub, hä?«

Sehr langsam ging er in den Garten. Er setzte sich vor den Kirschbaum hin und sah zu den Kirschen hinauf. Nein, er hatte keine Lust, so hoch zu fliegen. Also legte er sich gemütlich ins Gras und wartete, was passieren würde.

Mimi Lütt stand mit einem Korb neben ihm. »Nun mach schon«, sagte sie, »ich will einmachen.«

Gottfried wippte mit den Beinen, sah in die Luft und schnappte sich aus lauter Langeweile eine Fliege. So schön war es im Garten von Mimi Lütt!

Da holte Mimi Lütt die große Leiter. Sie wollte selbst in den Kirschbaum klettern. Aber da schämte sich Gottfried ein bißchen. Mimi war doch eine nette Frau. Er könnte ihr schon ein bißchen helfen. Also nahm er ihr die Leiter ab und kletterte selbst in den Baum. Den Korb hängte er an einen Ast und pflückte ihn voll Kirschen. Dann nahm er den Korb ins Maul und wollte wieder hinunterklettern. Aber der volle Korb und der dicke Gottfried – beides zusammen, das war zuviel für die Leiter! Die oberste Sprosse brach, und Gottfried flog in hohem Bogen vom Baum.

Gerade, als er vom Baum flog, ging der Kurdirektor vorbei. »Oh«, sagte der Kurdirektor, »da fliegt ja ein Schwein! Tatsächlich, das fliegt!«

Dann sagte er noch: »So was hab' ich noch nie gesehen, das ist ja phantastisch! Das muß ich gleich der Zeitung melden.« Und er rannte davon.

Gottfried saß im Gras und wunderte sich. Allerdings, wie sah er aus! Er war über und über mit Kirschen behangen, wie ein Schweine-Kirschen-Baum. Kirschen hingen ihm über die Augen, über die Ohren und über das Maul. Kirschen hingen in seinen Stoppelborsten. Und auch in seinen Speckfalten hingen Kirschen. Alle die Kirschen, die er eingesammelt hatte!

Das Interview

Der Kurdirektor rief gleich bei der Zeitung an. Kurze Zeit später standen zwei Herren am Gartenzaun. »Dürfen wir reinkommen?« fragten sie. »Wir wollen ein Interview machen. Wir sind von der Zeitung.« Der eine Herr hatte einen Fotoapparat über die Schulter gehängt.

Mimi Lütt lud sie ins Wohnzimmer ein. Auch Willi Lütt kam noch dazu. Als alle gemütlich saßen, fingen die Herren mit ihrem Interview an. Interview, das heißt, daß alle möglichen Sachen gefragt werden, zum Beispiel wie alt man ist oder was man sich zu Weihnachten wünscht. Diese Fragen muß man ganz genau beantworten, oder jedenfalls so gut man kann. Das ist wichtig, denn alles, was man sagt, wird aufgeschrieben und in der Zeitung gedruckt. Und alle können es lesen.

»Soso, Sie sind also das fliegende Schwein«, sagten die Herren zu Gottfried. »Können Sie fliegen?«

»Natürlich kann er fliegen, na klar!« sagte Mimi Lütt.

»Und wie weit fliegen Sie bitte?« fragten die Herren.

»Weit«, sagte Mimi Lütt, »sehr weit.«

»Wir haben das Schwein gefragt«, sagten die Herren, »das Schwein soll antworten.«

Gottfried wurde rot. Er sagte: »Wie bitte? Was haben Sie noch mal gefragt?«
»Wie weit Sie fliegen können«, sagten die Herren.
»Oh…« Gottfried sah sich im Zimmer um. Er wollte die Entfernung bestimmen. »Vielleicht bis zur Gardine oder…«
Mimi Lütt unterbrach ihn: »Sehr weit kann er fliegen, sehr, sehr weit. Weiter als dieses Zimmer.«
Die Herren von der Zeitung sahen sie streng an. »Stören Sie unser Interview nicht. Halten Sie mal bitte den Mund.«
Mimi Lütt war beleidigt, weil sie nichts sagen durfte. Sie ging in die Küche und klapperte laut mit den Töpfen herum. Allmählich zog ein leckerer Kohlgeruch durch die Wohnstube. Gottfried schnüffelte. Hmm, Kohlsuppe! Sein Lieblingsessen! Er dachte jetzt nur noch an die Kohlsuppe und hörte gar nicht hin, was die Herren fragten. Er sagte immer nur ja.
Zum Beispiel: »Geht Fliegen leicht?«
Antwort: »Ja.«
»Kann das jeder lernen?«
»Ja.«
»Verdient man viel Geld mit der Fliegerei?«
»Ja.«
»Kann man auch in ferne Länder fliegen?«
»Ja.«

»Ja.« Und so weiter!
Die Herren schrieben sich alles auf, was Gottfried sagte. Dann wollte der Herr mit dem Fotoapparat ein Foto von Gottfried machen. Das sollte auch in die Zeitung kommen. »Am besten, ich fotografiere Sie beim Fliegen«, sagte er. »Nun fliegen Sie mal.«
»Ja«, sagte Gottfried, aber er rührte sich nicht. Er dachte nur an die Kohlsuppe.
»Na los, fliegen Sie!«
»Ja.«

»Zum Donnerwetter noch mal, Sie sollen fliegen!«
»Ja«, sagte Gottfried ruhig, »ja.«
»Das kann doch nicht wahr sein!« Der Herr rannte wütend aus dem Haus. Und der andere Herr hinterher.
Willi Lütt hatte die ganze Zeit zugehört und nichts gesagt. »Das war ein schönes Interview, Gottfried«, sagte er jetzt. »Ich finde, du hast die Fragen gut beantwortet.«
Willi Lütt fand immer alles gut, man konnte machen, was man wollte.

Von Kartoffelklössen

Am nächsten Tag war in der Zeitung zu lesen, daß Gottfried in ferne Länder flog und mit wilden Tieren kämpfte und daß er viel Geld damit verdiente.
»Aber das stimmt doch gar nicht«, sagte Gottfried, »das hab' ich doch gar nicht gesagt.«
»Die Zeitungsfritzen lügen sowieso«, sagte Mimi Lütt. »Mußt nicht alles glauben, was in der Zeitung steht.«
Gottfried war nun berühmt. Die Leute kamen und wollten ihn sehen. »Wo ist denn endlich das Schwein?« sagten sie. Und: »Alle Achtung, Gottfried, gratuliere!«
Herr Kopittke kam auch und sagte: »Entschuldigen Sie bitte wegen neulich. Ich habe meine Meinung über Schweine geändert.« Dann sagte er: »Meine Frau und ich, wir würden Sie gerne zum Essen einladen, in den ›Perlenfischer‹.«
»Aber nur, wenn Mimi und Willi mitkommen dürfen«, sagte Gottfried.
Herr Kopittke erlaubte es.
Willi Lütt wollte lieber zu Hause bleiben und fernsehen. Aber Mimi kam gerne mit. »Immer in der Küche stehn ist langweilig«, sagte sie. »Ich hab' gern mal ein bißchen Remmidemmi.«

Am Abend gingen sie dann los: Herr Kopittke und Frau Kopittke, Gottfried und Cornelia, und dann die Mimi Lütt.
Das Lokal sah aus wie ein richtiges Schiff. An den Wänden hingen Schiffslaternen und Steuerräder. Fischernetze waren ringsherum ausgespannt. Und seltsame Fische schaukelten an Bindfäden von der Decke. Heini, der Wirt, war mal Seefahrer gewesen und hatte vieles von den Reisen mitgebracht.
Sie setzten sich in eine gemütliche Ecke und bestellten Muscheln. Lustlos kaute Gottfried auf einer Muschel herum. Da, auf einmal knirschte es zwischen seinen Zähnen. Er hatte auf eine Perle gebissen! Eine wunderschöne große Perle. Er schenkte sie Cornelia.
»Danke, Gottfried.« Cornelia strahlte. »Das ist lieb von dir!« Sie hielt die Perle die ganze Zeit in der Hand.
Nun wollte Gottfried etwas Richtiges essen. Er bestellte sich Kartoffelklöße.
»Dann nehmen wir auch Kartoffelklöße«, sagte Herr Kopittke.
Es kam eine große Schüssel auf den Tisch.
Natürlich sahen alle Leute zu Gottfried hinüber.
»Wie hübsch er ist!« sagten sie.
»Und wie bescheiden!«

»Und wie gut er essen kann!«
Gottfried schmatzte wirklich nur ein bißchen.
Herr Kopittke ärgerte sich. Er fand, daß er viel besser Kartoffelklöße essen konnte als Gottfried. Und warum war er nicht berühmt? Warum kam er nicht in die Zeitung und alle redeten über ihn? Dann würde er auch schmatzen, und alle würden sagen: »Oh, wie gut der Herr Kopittke essen kann!« Obwohl das gar nicht stimmte.
Da sagte ein Herr wieder: »Seht nur, wie vornehm das Schwein sich benimmt. Hätte man gar nicht von einem Schwein gedacht.«
Da sagte Herr Kopittke: »Vornehm? Ich kenne viel vornehmere Leute. Und das bißchen Fliegen lerne ich auch noch.«
Da lachte der Herr los, daß ihm die Krümel aus dem Gesicht fielen: »Sie und fliegen, haha! Eher lernt ein Klops fliegen!«
»Na«, sagte Herr Kopittke, »das werden wir ja sehen!« Er nahm einen Kartoffelkloß aus der Schüssel und ließ ihn durch den Raum segeln.
Der Kloß landete im Maul eines Haifisches, der von der Decke herunterhing. Da blieb er auf den spitzen Zähnen stecken.
»Ja, ich kann gut zielen«, rief Herr Kopittke, »ich kann besser zielen als alle andern!«

Da kam Mimi Lütt aber in Fahrt. »Aus dem Weg!« rief sie und feuerte ihre Klöße los. »Alle in Dekkung!«
Mimi Lütt war glücklich. Sie dachte, daß es vielleicht einen Kampf geben würde. Kämpfen war ihre Leidenschaft. Aber Werfen fand sie auch nicht schlecht.

Ja, es wurde eine große Werferei! Andere Gäste kamen an den Tisch. Sie wollten auch werfen. Bald waren die Kartoffelklöße alle, und Heini, der Wirt, mußte neue Klöße bringen. »Nehmt ihr auch Grießklöße?« rief er aus der Küche. Aber keiner hörte ihn. Alle schrien und lachten durcheinander. Es war die beste Kartoffelklöße-Werferei aller Zeiten!
Herr Kopittke und Mimi Lütt konnten am besten zielen. Bald war das Gebiß des Haifisches voll gespickt. Und die Netze waren so voll, daß sie nach unten durchhingen.
»Das war ein guter Fang«, sagte Heini, »dafür geb' ich einen aus!«

In dem Moment erinnerten sich alle wieder an Gottfried. »Hoch soll er leben!« riefen sie.
Aber komisch, Gottfried war verschwunden. Auch der Platz von Cornelia war leer.

»Die Erwachsenen sind manchmal zu albern«, sagte Cornelia.
Sie und Gottfried gingen am Hafen spazieren. Es war schön am Hafen. Kein Mensch war unterwegs, sie waren ganz alleine dort. Sie setzten sich auf die Kaimauer und sahen in den Mond.
Da fing Gottfried auf einmal an zu seufzen.
»Was hast du?« fragte Cornelia.
»Ach, ich weiß auch nicht«, sagte Gottfried.
Sie schwiegen eine Weile. Dann sagte Gottfried: »Cornelia, ich bin doch ein Schwein, nicht?«
»Ja«, sagte Cornelia, »ein schönes Schwein.«
»Und du bist doch ein Mensch, nicht?«
»Ja«, sagte Cornelia.
Gottfried grübelte vor sich hin: »Wenn einer ein Schwein ist und einer ein Mensch ... können die sich gern haben?«
»Klar«, sagte Cornelia. »Ich hab' dich doch gern.«
»Wirklich?« fragte Gottfried.
»Wirklich«, sagte Cornelia.
Nach einer Weile sagte Cornelia: »Vielleicht bist du gar kein Schwein. Vielleicht bist du ein verzauberter Prinz.«
»Oh«, sagte Gottfried und senkte die Augen.

»Ja«, sagte Cornelia, »und ich erlöse dich. Ich muß dir einen Kuß geben. So!« Und sie gab ihm einen Kuß.
Gottfried wartete ab. Ob er sich in einen Prinzen verwandeln würde? Seine Ohren zitterten. Aber nichts passierte. Es war Gottfried etwas peinlich. Prinz wäre sicher viel schöner gewesen. Aber können Prinzen fliegen?
»Können Prinzen fliegen?« fragte er.
»Nein«, sagte Cornelia. »Daran hab' ich gar nicht gedacht.«
Sie sahen wieder eine Zeitlang in den Mond.
»Ich hab' es mir überlegt«, sagte Cornelia dann. »Ich finde Schweine schöner.«

Soll Gottfried fliegen – oder soll er nicht?

Gottfried flog. Er flog wie eine Schwalbe auf und nieder im Nordseewind.
Cornelia sagte: »Du wunderbares fliegendes Schwein, ich liebe dich.«
Da schwebte er zu ihr herab und überreichte ihr in seinem Maul eine Perle, groß wie ein Kartoffelkloß.
»Gottfried, aufwachen!« Mimi Lütt stand vor seinem Bett. Oh, er hatte alles nur geträumt! Mimi hielt ihm ein Plakat vor die Nase. Darauf stand:

Gottfried, das fliegende Schwein,
fliegt herrlich hoch und weit.
Große Vorstellung heute im Kurpark.
Es wird bestimmt einmalig!
Vielleicht kommt auch das Fernsehen.
Unterzeichnet: Der Kurdirektor.

Gottfried rappelte sich aus den Kissen hoch. »Was soll das heißen?« fragte er.
»Ist doch klar«, sagte Mimi Lütt, »die Leute wollen dich sehn. Mensch, Gottfried, wir kommen ins Fernsehen!«
Gottfried sackte zurück in die Federn. Eine Weile

sah und hörte man nichts von ihm. Dann kam es leise aus dem Federbett: »Ich will aber nicht fliegen!«

»Was, du willst nicht fliegen?« sagte Mimi Lütt. »Das kann doch nicht wahr sein!«
»Ich will nicht fliegen! Ich will mit Cornelia spielen!«
»Erst fliegen, dann spielen«, sagte Mimi Lütt. »Los, die Leute warten schon!«
Da verkroch sich Gottfried noch tiefer unter das Federbett.
Nun wurde Mimi Lütt böse. »So fett er ist, so faul ist er!« schimpfte sie. Dann nahm sie einen Anschwung und hob Gottfried einfach aus dem Bett heraus. So stark war sie.
Bleich saß Gottfried auf dem Bettvorleger. »Bitte, bitte, Tante Mimi, ich will nicht fliegen. Ich hab' solche Angst, daß es heute nicht geht.«
»Papperlapapp«, sagte Mimi Lütt. Sie schob ihn einfach aus dem Zimmer heraus und die Treppe hinunter. Aber als er aus der Haustür trat, kriegte er noch mehr Angst: Viele, viele Leute standen da.
»Da ist er ja endlich! Da kommt er ja endlich!« riefen sie. Kinder liefen herum und schwenkten bunte Luftballons. »Gottfried! Gottfried! Komm her!« schrien sie.
Da rannte Gottfried mitten durch die Menge hindurch. Er rannte weiter, so schnell er konnte. Ja, er riß einfach aus.
Er holte erst wieder Luft, als er auf dem Deich war.

Gott sei Dank, hier war kein Mensch zu sehen. Er lief eine Weile auf dem Deich entlang, bis er zum alten Leuchtturm kam. Dort machte er halt und ging zum Strand hinunter. Kein Mensch weit und breit. Hier war er ganz allein. Gottfried setzte sich in den Sand und blieb lange Zeit so sitzen. Er war sehr traurig. »Ich will nicht berühmt sein«, schluchzte er, »ich will nicht fliegen! Ich will überhaupt nicht mehr fliegen, kein Stück mehr!«

Wie er so vor sich hinschluchzte, wurde er müde. Er legte sich schlafen. Aber zuerst buddelte er sich in den Sand ein, bis nur noch sein Rüssel zu sehen war. Dann schnaufte er tief und schlief ein.

Auf einmal wurde er wach. Jemand stolperte über seinen Rüssel und sagte: »So'n Schiet!« Es war der Kurdirektor, Herr Barsbüttel. Er saß im Sand und putzte sich den Anzug ab.

Gottfried kroch aus dem Sand hervor.

»O Verzeihung«, murmelte der Kurdirektor, »jemand muß mir ein Bein gestellt haben.«

Sie unterhielten sich ein bißchen über dies und das.

»Weißt du«, sagte Kurdirektor Barsbüttel, »ich würde auch gern fliegen. Immer im Büro sitzen und Briefe schreiben und telefonieren, das ist langweilig. Fliegen ist viel schöner.«

»Ja?« Gottfried staunte. »Kannst du denn fliegen?«

»Ein bißchen ... vielleicht...« sagte der Kurdirektor. »Wenn ich üben würde. Aber ich hab' keine Zeit.«
Gottfried sah den Kurdirektor zweifelnd an. Konnte der wirklich fliegen? Eigentlich war er viel zu dick zum Fliegen, fand Gottfried.
»Ach, fliegen«, sagte der Kurdirektor, »fliegen! Durch die Lüfte schweben, sich in den Winden wiegen, das ist schön.«
Das fand Gottfried auch. Und da überlegte er sich, daß er heute doch fliegen wollte. Ja, er kriegte eine richtig große Lust zum Fliegen. Kurdirektor Barsbüttel hob noch schnell seine Aktentasche auf. Dann gingen sie zum Kurpark.

Grosse Taten im Kurpark

Im Kurpark waren viele Leute versammelt. Sie schrien und lachten, als sie Gottfried bemerkten. Gottfried mußte auf eine Bühne steigen. Auf der Bühne saßen schon die Musiker vom Kurorchester und warteten auf ihn. Gottfried stellte sich schüchtern in eine Ecke der Bühne. Aber er mußte nach vorn kommen und auf eine Kiste steigen.

»Hier sehen Sie endlich das fliegende Schwein«, sagte der Fernsehmann in sein Mikrofon. Er stand direkt neben Gottfried. Die Fernsehkameras liefen, und Gottfried war im Fernsehen drin! Jetzt fing das Kurorchester an zu spielen: düdelüdelüt. Dann kam ein Tusch: ratatatam! Und dann sollte Gottfried losfliegen.

Da wurde es mucksmäuschenstill. Gottfried kriegte einen Schreck: Alle sahen ihn an.

Der Fernsehmann sagte in sein Mikrofon: »Jetzt kommt der große Augenblick, jetzt fliegt er los!«

Gottfried holte Luft und pustete sich auf. Aber nichts geschah. Er blieb stehen und fing nur an zu schwitzen.

»Immer mit der Ruhe und nicht die Nerven verlieren!« rief Mimi Lütt. Gottfried konnte sie aber nicht sehen, es waren zu viele Menschen da.

Der arme Gottfried war vor Aufregung knallrot und klatschnaß und zitterte am ganzen Körper.
»He, streng dich mal ein bißchen an!« sagte der Fernsehmann und gab ihm einen Knuff.

Da sprang Mimi Lütt auf die Bühne. Sie rief: »Das arme Schwein, ihr quält es ja! Kann ein Schwein fliegen, he? Habt ihr schon jemals gehört, daß ein Schwein fliegen kann?«
»Nein«, sagte der Fernsehmann, »aber…«
»Nichts aber!« sagte Mimi Lütt. »Außerdem, was soll der Quatsch, fliegende Schweine sieht man oft genug.«

Der Fernsehmann war nun ganz verwirrt. »Aber... Sie haben doch eben gesagt...«
»Gesagt?« Mimi Lütt packte ihn an der Krawatte. »Hab' ich eben was gesagt?«
Sie sah in den Zuschauerraum. Es war ganz still geworden, keiner wagte einen Mucks. Und immer noch stand Gottfried schwitzend und zitternd auf der Kiste.
»Ich will Ihnen mal was sagen«, sagte Mimi Lütt, »Tierquälerei ist das! Ich könnte Sie anzeigen!« Und sie schüttelte den armen Fernsehmann durch. Der stand jetzt genauso zitternd und schweißüberströmt da wie Gottfried.
Da kam der Kurdirektor Barsbüttel auf die Bühne. »Beste Frau Lütt«, sagte er und faßte sie am Arm, »beruhigen Sie sich doch.«
»Lassen Sie mich los!« fauchte Mimi ihn an.
»Ich lasse Sie nicht los, wenn Sie nicht aufhören«, sagte der Kurdirektor.
»Das ist ein Angriff!« sagte Mimi Lütt. Auf einmal kam ein Glänzen in ihre Augen. »Wollen wir ein Kämpfchen machen?«
»Ein Kämpfchen?« sagte Herr Barsbüttel. »Bitte, warum nicht?«
Sie stellten sich in etwa fünf Meter Entfernung auf. Herr Barsbüttel legte Jackett und Krawatte ab, und

Mimi Lütt rollte ihre Kniestrümpfe herunter. Dann gingen sie aufeinander los.
Es war ein sehr guter Kampf.
Zuerst nahm Mimi Lütt Herrn Barsbüttel in den Schwitzkasten. Dann nahm Herr Barsbüttel Mimi Lütt in den Schwitzkasten. Dann stellte Mimi Lütt Herrn Barsbüttel ein Bein. Er fiel hin und blieb liegen, aber das war nur zum Schein. Er zog Mimi am Bein, so daß sie ebenfalls hinfiel. Und dann setzte er sich auf ihre Brust drauf, zum Zeichen, daß er gesiegt hatte.
Da zeigte es sich, daß Mimi Lütt gut kämpfte und auch gut verlieren konnte. »Mensch, großartig!« brüllte sie, »großartig!« und haute ihm auf die Schulter. »Sie sind der beste Kämpfer, den ich kenne.«
Stolz und fröhlich lachte Herr Barsbüttel sie an, und sie lachte stolz und fröhlich zurück. Und da, da passierte etwas. In dem Moment, als Mimi Lütt den Kurdirektor Barsbüttel anlachte – und ihre Bäckchen glühten und ihre Ohrringe hin- und herklimperten –, da verliebte sich Kurdirektor Barsbüttel in Mimi Lütt. Und sie verliebte sich in ihn. Da wurden beide auf einmal ganz verlegen und sahen auf ihre Schuhspitzen. Aber es nützte nichts, verliebt waren sie nun mal.

Im selben Moment passierte noch etwas. Gottfried erhob sich in die Lüfte. Er flog und flog, immer weiter und weiter.

»Gottfried, komm zurück!« rief Cornelia und streckte die Arme nach ihm aus. Aber Gottfried flog in den weiten blauen Himmel hinein, der Sonne entgegen, zu den kleinen weißen Wölkchen.

Die rosa Wolke

»Donnerwetter, so weit brauchte er ja auch nicht gleich zu fliegen«, sagte Willi Lütt.
Sie gingen nach Hause. Mimi Lütt und Herr Barsbüttel gingen Arm in Arm, dahinter kamen Herr und Frau Kopittke und zum Schluß Willi Lütt und Cornelia. Willi wollte Cornelia trösten. »Es geht ihm sicher gut, bestimmt.« Aber sie blieb weiter traurig.
Sie gingen ins Haus, setzten sich ins Wohnzimmer und redeten viel von Gottfried.
»Habt ihr gesehen, wie er geflogen ist?« sagte Herr Kopittke begeistert.

»Ja«, sagte Mimi Lütt. Aber im stillen dachte sie: ›Mir wäre es lieber, er wäre nicht geflogen.‹

Gegen Abend kam eine Wolke an. Die Wolke war am Anfang weiß. Aber je näher sie kam, desto mehr wurde sie rosa.
»Merkwürdiges Abendrot«, sagte Willi.
Die kleine rosa Wolke kreiste einige Male über dem Häuschen von Mimi und Willi Lütt, dann schwebte sie nieder und hielt vor dem Wohnzimmerfenster an.
»Hallo«, sagte Gottfried und lachte.
Da umarmten sich alle vor Freude. Mimi machte das Fenster auf, und keine zwei Minuten später saß Gottfried gemütlich in der Sofaecke.
»Versprich mir, daß du nie mehr so weit wegfliegst«, bat Cornelia.
Gottfried grunzte. Dann sah er gedankenverloren aus dem Fenster und lächelte still vor sich hin.

GOTTFRIED STREITET SICH

Die Tage vergingen. Cornelia und Kopittkes reisten wieder ab. Und Gottfried flog. Er flog sehr schön, wie eine Schwalbe im Nordseewind: auf und nieder, auf und nieder, mit gestreckten Beinen. Der Wind strich an seinem Bauch entlang, legte sich in seine Ohren. Huiit! Wuiii! Und wie ein etwas dicklicher Pfeil schoß er über die Wellen und dann wieder in den Himmel hinein.

»Ich kann das! Ich kann das! Oh, wie ist das Fliegen schön!« Er legte sich auf den Rücken und strampelte mit den Beinen. Er kugelte sich um und um. Schön war das!

»Gottfried, Mittagessen!«

Mimi Lütt stand am Zaun vor ihrem Häuschen und winkte zu ihm hoch. Aber Gottfried hatte keine Lust zu kommen. Er wollte ihr mal schön was vorfliegen.

»Mimi, guck mal, wie schön ich das kann!«

Er machte eine ordentliche starke Luftwelle und dann noch einen schicken Drehkreisel.

»Gottfried, komm her! Es gibt Bratkartoffeln! Und dann hilfst du mir noch Äpfel abpflücken!«

Nein, dazu hatte Gottfried erst recht keine Lust. Sollte sie doch sehn, wo sie blieb mit ihren Äpfeln! Die alte Triefnudel!

»Alte Triefnudel!« rief er zu ihr herunter, aber leise, damit sie es nicht hörte. Mimi Lütt konnte nämlich ganz schön böse werden.

»Gottfried, zum Donnerwetter! Muß ich dich an die Leine legen oder was?«
Ha, jetzt grade nicht! Er machte einen Schlenker mit den linken Beinen, dann einen Schlenker mit den rechten Beinen. Jetzt schaukelte er hin und her wie eine fliegende Badewanne.
»Hoahe!«
Mimi ging ins Haus. Sie kam mit einem Besen zurück. »Wenn ich dich erwische, Gottfried, du kannst was erleben!«
Gottfried lachte. »Mach doch! Mach doch!«
Sie stocherte eine Weile mit dem Besen in der Luft herum, dann ging sie ins Haus.
Bald machte ihm das Fliegen keinen Spaß mehr, aber er blieb oben, bis es dunkel wurde. Dann schlich er ins Haus.
Als er die Treppe hochtappte, stand Mimi unten am Treppengeländer.
»Komm mal in die Stube!«
Er ging einfach weiter.
»In die Stube!!!«
Da ging er ganz langsam die Treppe herunter und setzte sich in die Sofaecke, als wenn nichts wäre.
Mimi sah ihn streng an. Auf einmal lachte sie. »Ha, freche Wörter kannst du, Gottfried. Hätte ich gar nicht von dir gedacht.«

Gottfried schwieg und steckte sich ein Kissen in den Rücken.
»Wie hieß das noch mal?« fragte Mimi. »Plattnudel oder wie?«
»Bring ihm doch nicht solche Wörter bei, Mimi!«

Willi stopfte gerade seine Pfeife und hatte wieder mal nichts mitgekriegt.
Gottfried sagte den ganzen Abend nichts. Er aß Erdnüsse und sah das ganze Fernsehprogramm, von Anfang bis zum Sendeschluß.

Der Brief

Mimi Lütt stand am Gartenzaun und wollte gerade Gottfried rufen, da kam der Postbote an. »Brief für Sie, Frau Lütt. Aus Hamburg. Von einer sogenannten Familie Kopittke. Kennen Sie die?«
Der Briefträger war leider etwas neugierig. Mimi nahm den Brief und machte ihn auf.
Der Briefträger kam näher. »Kopittke ... waren das nicht die Feriengäste vom Sommer? ... Hatten die nicht eine nette kleine Tochter?«
Mimi nickte.
Der Briefträger kam noch näher. »... und was schreiben sie?« Jetzt war er schon fast mit der Nase auf dem Briefpapier.
Da wurde es Mimi Lütt aber zuviel. »Stecken Sie die Nase in die Posttasche!« rief sie.
Schnell nahm er sein Rad und trampelte in die Pedale.
Gottfried kam herunter. Mimi las ihm den Brief vor. »Liebe Frau Lütt! Ich habe mich erkundigt. Hier gibt es keine fliegenden Schweine. Nur fliegende Vögel, Flugzeuge und dergleichen. Ich lerne auch das Fliegen. Es ist ganz leicht und keine Kunst dabei. Schöne Grüße von meiner Frau, Herr Kopittke.«

»Wie will der denn das Fliegen lernen! Der spinnt ja!« sagte Mimi.

Dann lag noch ein Zettel in dem Brief. »Lieber Gottfried! Ich vermisse Dich so. Die Perle habe ich auch noch. Deine Cornelia.«

Gottfried schluchzte. Er lief in sein Zimmer und stopfte den Kopf in das Kissen. Wie hatte er sie vergessen können! Cornelia! Er hatte ihr eine Perle geschenkt, und sie... Plötzlich sprang er auf. Er wühlte im Nachtkästchen. Da... das silberne Herz! Cornelia hatte es ihm geschenkt. Und er, er hatte gar nicht mehr an sie gedacht.

Traurig legte er sich ins Bett, aber er konnte nicht schlafen.

Abends klopfte Mimi an. »Gottfried! Brauchst du was?«

Er antwortete nicht.

In der Nacht hielt er es nicht mehr im Zimmer aus. Er lief an den Strand. Unheimlich war es am Strand. Ganz duster war es, und der Wind heulte huiiii uiii. Plötzlich stieß er an etwas Schwarzes. Es brüllte ihn an. Es fletschte die Zähne! Gottfried schrie... Nein, eine alte, verrostete Schreibmaschine war es, durch die der Wind pfiff. Er setzte sich auf die Maschine. Er mußte an eine andere Nacht denken. Eine stille Mondnacht war es, hier am Strand. Gottfried und

Cornelia waren spazierengegangen, es war der letzte Abend, bevor Cornelia wegfuhr.
»Gottfried, ich vergesse dich nie«, hatte Cornelia zu ihm gesagt. Und dann hatte sie ihm einen Kuß gegeben. Und dann waren sie über das Wasser geschwebt, Arm in Arm …
»Cornelia, ich komme, Cornelia, ich komme!« rief er. Er band sich sein Reisetäschchen um und flog los.

Er flog und flog. Unter sich sah er einen Fluß, das war die Elbe, und er flog immer am Fluß entlang, über Wälder, Dörfer und Felder. Der Wind riß ihn hin und her. Einmal knallte er gegen einen Kirchturm. Ein Storch stellte ihn wieder auf die Beine. Eine Weile durfte er sich im Storchennest ausruhen. Ach, hier war es so mollig warm, die Augen fielen ihm zu. Aber der Storch klapperte ihn wach und brachte ihn noch bis zum letzten Telegrafenmast vor dem Wald. Gottfried bedankte sich höflich und flog weiter.

Auf einmal hörte der Sturm auf. Hell leuchtete der Fluß unter ihm.

Gottfried war glücklich.

»Cornelia, ich komme«, summte er, »Cornelia, ich komme.« Und mit halbgeschlossenen Augen flog er – im Gleitflug – höher und immer höher. Bis er zu den Sternen kam.

»Hier kommt der wunderbare, der sehr gute Gottfried«, rief er, »Gottfried von den Sternen kommt!« Das gefiel ihm sehr gut. »Gottfried von den Sternen, jawohl, von den Sternen!« Und er legte die Pfoten nach vorn und sauste kerzengerade zwischen den Sternen hindurch. ›Wie eine Sternschnuppe‹,

dachte er, ›denkt man gar nicht, daß das ein Schwein ist. Ob man mich wohl sieht?‹
Aber... wo war die Erde? Eben hatte er sie noch gesehen. Jetzt war sie, klein wie eine Kaugummikugel, irgendwo im Weltenall. Auf einmal wurde ihm kalt. Eiskristalle überzogen ihn. Eiskristalle setzten sich in seine Wimpern und in seine Augenbrauen, Eiskristalle setzten sich überall in seine Stoppelborsten. Es wurden immer mehr Eiskristalle. Schließlich war er ganz und gar überzogen mit Eis. Wie ein länglich-rundes Eispaket sauste er durch den Himmel. Ach, wie fror er. Er konnte sich gar nicht bewegen, nicht mal mehr mit den Pfoten schlenkern.
Da ließ er sich fallen. Klirrend fiel er in ein Blumenbeet. Ein ganzer Eismantel platzte von ihm ab.
»Nanu«, sagte ein alter Herr, er hieß Herr Groth, »den hätte ich beinah mitbegossen. Wird ein Himmelskörper sein, oder?«
Da bewegte sich der Himmelskörper, ein geschwollener Rüssel kam zum Vorschein, zwei triefende Äuglein und dann ein ganzes, sehr abgemattetes Schwein.
Herr Groth wunderte sich. »Ein Himmelsschwein, oder?«
Er reichte ihm seine Thermosflasche mit heißem

Tee und schob ihn auf den Rasen. Und da blieb Gottfried liegen, bis er aufgetaut war.
»Ach, ach, ach!« Gottfried wackelte mit den Ohren und schnalzte vor sich hin. »Ach, ach, ach, Cornelia!«
»Was sagt er?« Herr Groth legte die Hand ans Ohr.
»Cornelia Kopittke!«
»Kopittke? Ist das nicht die Kleine, die immer Springtau spielt? Die wohnt da hinten.« Er zeigte auf ein Hochhaus.
Er brachte Gottfried hin, drückte noch auf einen Klingelknopf, wo *Kopittke* draufstand, und ging.
»Viel Glück, Himmelsschwein.«
»Danke.«

Herr Kopittke machte die Tür einen Spalt auf und machte sie schnell wieder zu. »Ein Schwein steht im Treppenhaus«, sagte er.

Da sprang Cornelia auf. »Gottfried! Gottfried!« rief sie und rannte zu ihm hin. »Gottfried! Daß du gekommen bist! Ich hab' so auf dich gewartet.«

Gottfried wankte. Ihm zitterten die Knie vor Freude und Erschöpfung.

»Komm rein«, sagte Cornelia, »du kannst dich hinlegen.«

Aber da stand Herr Kopittke in der Wohnungstür. »Wer hat dich denn geschickt?« fragte er listig.

Er dachte: ›Schickt ihn Frau Lütt, dann muß ich nett sein. Ist er von alleine gekommen, dann kann er gleich wieder gehen.‹ Er konnte Gottfried nämlich nicht leiden, weil Gottfried immer gelobt wurde und er nicht.

Gottfried hörte aber gar nicht hin.

»Wir nehmen nur angemeldete Schweine«, sagte Herr Kopittke.

»Aber Papa, siehst du nicht, daß er nicht mehr kann!« Cornelia schob ihren Vater von der Tür weg, und Gottfried schob sie in die Tür hinein und ruhte nicht eher, als bis Gottfried auf dem besten Sessel im

Wohnzimmer saß, und dann stellte sie noch ein Fußbänkchen vor ihn hin.

»So!«

Eine Viertelstunde später saßen alle in der Sofagarnitur – auch Frau Kopittke war aus der Küche gekommen – und rührten höflich in ihren Kaffeetassen herum.

›Er stand ja an sich in der Zeitung‹, dachte Herr Kopittke, ›ich muß ja nett zu ihm sein.‹

»Wollen wir einen kleinen Ausflug machen?« fragte er.

Es war nämlich Sonntag, und er wollte seinen neuen Wagen ausführen.

Aber Gottfried war viel zu müde und erschöpft, außerdem hatte er seit dem vorigen Tag nichts mehr gegessen.

In seinem Kopf drehte sich alles. »Sterne ... Mond ... Kartoffeln ... heiraten«, sagte er heiser, er brachte alles durcheinander.

»Kartoffeln heiratet man nicht, die ißt man«, sagte Herr Kopittke.

»Sterne ... Mond ... Kartoffeln ... heiraten«, sagte Gottfried.

»Wieder dasselbe«, sagte Herr Kopittke, »kennt der nichts anderes?«

»Sterne ... Mond ... Kartoffeln ... heiraten.«

Da wurde es Herrn Kopittke zu bunt. Er sprang auf. »Soll das ein Witz sein, oder was?«
»Kein Witz«, sagte Gottfried, »ich war in den Sternen, ich war in den Sternen, ich bin der Gottfried von den Sternen.«
Herr Kopittke ging ans Telefon und rief Mimi Lütt an. »Frau Lütt, Ihr Schwein spinnt. Es behauptet, es war in den Sternen. Das geht doch gar nicht.«
Mimi Lütt sagte: »Geben Sie mir mal Gottfried.«
Gottfried kam ans Telefon. Da sagte sie: »Gottfried, lüg nicht so.«
»Ich lüg' nicht! Ich lüg' nicht!«
Jetzt wollte Mimi wieder Herrn Kopittke sprechen. »Ich komme, aber nicht gleich. Ich muß noch Äpfel ernten. Passen Sie auf Gottfried auf. Der kriegt was zu hören.«
Jetzt brach Gottfried ganz zusammen. »Ach, ach, ach« und »oh, oh, oh« maunzte er und bekam einen Schüttelfrost.
Der Doktor kam. Er horchte Gottfried ab. »Ist das irgendwie ein besonderes Schwein?« fragte er.
»Er fliegt«, sagte Herr Kopittke.
Der Arzt nickte und machte ein bedenkliches Gesicht. »Er muß sofort ins Bett. Er hat irgendwie einen Knacks erlitten.«
Ein Klappbett wurde im Wohnzimmer aufgestellt.

Dort hinein wurde Gottfried verfrachtet. Dann mußte er schwitzen. Er wurde warm eingepackt, mußte heißen Tee trinken und bekam noch eine

Wärmflasche auf den Bauch gelegt. Und er schwitzte und schwitzte, und der Schweiß lief ihm in ganzen Bächen herunter. Dann wurde er abgerubbelt. Allmählich beruhigte er sich und schlief ein. Und Cornelia saß den ganzen Nachmittag an seinem Bett und hielt ihm die Pfote.

Ein toller Tag

Eine Woche blieb Gottfried im Bett liegen. Herr Kopittke schlich immer um sein Bett herum. »Na, wann steht er denn nun auf, na, wann steht er denn nun auf? Ob er wohl wieder fliegt? Was die Nachbarn wohl sagen?«

Und richtig, am Sonntag stellte Gottfried sich gleich nach dem Frühstück auf das Fensterbrett und flog los. Er flog in ruhigem Tempo um das Hochhaus herum. Da staunten die Leute aus dem Hochhaus aber. Sie sprangen vom Frühstück auf und stellten sich an die Fenster und auf die Balkons, Erwachsene und Kinder. »Tolles fliegendes Schwein«, riefen sie, »ganz toll! Ist das Ihr's, Herr Kopittke?«

»Äh ... ja.«

»Kann es denn auch Kunststücke?«

Gottfried flog gerade vorbei und hörte es. Da machte er seine anerkannten Luftwellen: Luft raus – runterfliegen. Luft rein – höherfliegen. Und so immer in Wellenlinien auf und ab.

»Ooooh! Toll, Herr Kopittke!« riefen die Hausbewohner. »Wie heißt er denn?«

»Gottfried!« Komisch, auf einmal war Herr Kopittke stolz auf ihn.

Herr Grützmeier aus dem 7. Stock rief: »Wie schnell

kann er denn fliegen? Ich wette, nicht schneller als die U-Bahn.«

Gerade fuhr nämlich eine U-Bahn vorbei.

»Klar fliegt er schneller als die U-Bahn«, rief Herr Kopittke, »er fliegt schneller als der Blitz!« (Warum er auch immer so angeben mußte!)

Jetzt sollte Gottfried es beweisen, daß er schneller als der Blitz fliegen konnte. Aber er wollte nicht. Er saß auf dem Balkon und steckte den Rüssel zwischen die Gitterstäbe. Wie ein Hündchen saß er da, neben Herrn Kopittke.

»Gottfried, flieg!«

Nein, er wollte nicht.

»Los, mach schon!«

Jetzt legte er sich lang hin. Er war kein schnellfliegendes Schwein, er war ein langsamfliegendes. Er war überhaupt kein fliegendes Schwein mehr.

Da klingelten die Nachbarn bei Kopittkes. Alle wollten sich Gottfried ansehen. Die Kinder streichelten ihn. »Och, wie süß. Guck mal, er schläft. Wie er mit den Ohren wackelt!«

Gottfried schlief aber nicht, er war sauwütend. Wenn sie ihn nur in Ruhe ließen!

»Na ja, er ist ja auch viel zu dick zum Fliegen.«

Da zischte er aber los wie eine Kanonenkugel. Dreimal flog er in seinem schnellsten Tempo um das

Hochhaus herum. Dann landete er wieder auf dem Balkon.
»Habt ihr das gesehen!« Herrn Grützmeier stand der Mund offen.
»Na ja, wir können noch schneller«, sagte Herr Kopittke, aber das glaubte ihm keiner, denn schneller ging es nicht.
Eine Dame aus dem 1. Stock lächelte ihn an. »Sie sind famos!«
»Danke«, sagte Herr Kopittke, aber sie hatte Gottfried gemeint, und da ärgerte er sich wieder über Gottfried.

Gottfried hatte gute Laune. Mittags gab es Kartoffelpuffer. Frau Kopittke stand am Herd und packte ihm einen Puffer nach dem anderen auf den Teller. Gottfried aß mit Appetit und funkelte Cornelia fröhlich an.
Herr Kopittke beobachtete ihn neidisch. ›Wie kann das angehn, daß alle ihn gut finden und mich nicht‹, dachte er.
Da klingelte es. Die Dame aus dem 1. Stock stand vor der Tür, sie hieß Edeltraud Pietsch. »Ich wollte nur… für Gottfried«, stotterte sie und überreichte Herrn Kopittke einen Blumentopf.
»D..darf ich reinkommen?« Schon saß sie auf dem

Küchenhocker und sah Gottfried beim Essen zu. Sie dachte: ›Eigentlich könnte ich ihn heiraten.‹ Sie war nämlich immer auf der Suche nach einem Mann, aber nie fand sie einen. ›Der sieht niedlich aus und hat nette Manieren … und kleckern tut er auch nicht.‹

»Kleckern tut er auch nicht«, sagte sie laut. Das hätte sie aber nicht sagen dürfen.

»Jawohl kleckert er«, sagte Herr Kopittke, »er hat gekleckert, ich hab's genau gesehen. Mit dem Tischtuch hat er's abgewischt.«

Gottfried stand auf, schob den Teller weg und sagte: »Na ja, wenn man in den Sternen war – dann hat man keinen Appetit mehr.«

»Haha«, sagte Herr Kopittke, »das meiste hat er aufgefressen, 25 Puffer, ich hab' mitgezählt.«

Gottfried ging würdevoll im Flur auf und ab und tat, als wenn er es nicht hören würde.

»Das hätte ich *auch* so gemacht«, sagte Edeltraud Pietsch.

»Was hätten Sie auch so gemacht?« Herr Kopittke baute sich vor ihr auf.

»Die P…puffer aufgegessen.« Sie wollte etwas Nettes über Gottfried sagen.

Da wurde Herr Kopittke erst richtig erbost. »Ehrenwertes Fräulein«, sagte er, »ich will Ihnen mal was

sagen, dieses Schwein war gar nicht in den Sternen, es war höchstens in der Speisekammer.«
»D... das macht nichts«, sagte Edeltraud Pietsch, »ich nehm' ihn auch so.«
»Wie bitte?«
»Ich... äh, mag ihn auch so.«
»Na ja, na ja...« Da war Herr Kopittke wieder blamiert. Schnell zog er seine Jacke an und ging in den Hof, zum Autowaschen.

Gottfried und Cornelia gingen auch in den Hof. Ein anderes Mädchen kam noch dazu. »Wollen wir seilspringen?«
Die beiden Mädchen schwangen das Seil, und Gottfried sollte in der Mitte hüpfen. Aber er schaffte es nicht. Immer sprang er zu früh oder zu spät und verhedderte sich im Seil.
Herr Kopittke sah ihm vom Auto aus böse zu. »Haha, das schafft er nicht, dazu ist er zu dumm.«
Er ging zu ihnen hin. »Macht mal, Kinder, ich will euch das mal vormachen.«
Eins... zwei... drei... Da sprang er richtig in das Seil und hüpfte himmelhoch, bis zum 7., 8. Stock ungefähr, oder jedenfalls bis zu Edeltraud Pietschens Küchengardine im 1. Stock.
»Himmlisch, Herr Kopittke, schön, Herr

Kopittke ...« Ach nein, keiner sagte es zu ihm. Alle sahen nur zu Gottfried hin.
Gottfried und die Mädchen hatten keine Lust zum Seilspringen mehr, jetzt spielten sie ›Himmel und

Hölle‹. Man muß auf den Steinplatten hüpfen und darf nicht über die Linien treten. Das schaffte Gottfried sehr gut. Er hüpfte mit einem Bein, und mit einem zweiten Bein durfte er sich abstützen, weil es für ein Schwein ja viel schwerer ist, mit *einem* Bein zu hüpfen.
»Ja, mit Abstützen«, knirschte Herr Kopittke hinter seinem Auto hervor, »das kann ich auch.«
Aber er versuchte es lieber nicht, weil er im Hüpfen nicht so gut war. Aber er beruhigte sich wieder. ›Dafür kann ich autofahren. Und autofahren kann der Gottfried nicht.‹
Er setzte sich ins Auto und rief: »Wollt ihr mal sehen, wie gut ich autofahren kann?«
Aber keiner guckte zu ihm hin, weil Autofahren nichts Besonderes ist, Gottfrieds Hüpftechnik aber schon!
Aber in einer Sache freute sich Herr Kopittke: Fahrradfahren konnte Gottfried nicht. Dauernd fiel er vom Rad.
Schon, wie er auf Cornelias Rad drauf saß! Herr Grützmeier hielt ihn von der einen Seite fest, Cornelia von der anderen. Dann gaben sie ihm einen Schubs – er wackelte über den Hof. Platsch, fiel er wieder runter.
»Haha!« lachte Herr Kopittke. Da sahen ihn alle

böse an. Alle bürsteten und klopften an Gottfried herum und sagten ihm nette Worte.
Da ging Herr Kopittke schnell ins Haus.
Beim Abendbrot sagte keiner ein Wort: Gottfried nicht, Cornelia nicht, Herr Kopittke nicht und Frau Kopittke auch nicht.
Gottfried kaute froh an seinem Leberwurstbrot. Das war aber ein toller Tag gewesen! Er strahlte zu Cornelia hinüber. Aber... was war mit Herrn Kopittke los? Warum guckte er so böse?
»Warum gucken Sie so böse?« fragte er.
Da stand Herr Kopittke auf und ging mit festen Schritten aus der Küche.

Gottfried und Cornelia gingen ins Kinderzimmer. Sie hatten so viel gespielt, jetzt wollten sie sich mal ein bißchen ausruhen. Sie setzten sich ans Fenster und sahen über die Dächer von Wandsbek-Gartenstadt – so hieß das Viertel, in dem Kopittkes wohnten. Rauch stieg aus den kleinen Gartenhäusern auf. Die U-Bahn fuhr vorbei und ratterte.

Auf einmal wurde es Gottfried ganz feierlich zumute. »Da hinten ist die Nordsee. Da komm' ich her«, sagte er.

Cornelia staunte. »Und alles, alles bist du geflogen?«

»Ja«, sagte Gottfried. Und dann erzählte er ihr von seiner Reise und wie er den Storch getroffen hatte. Das interessierte Cornelia sehr. Ein Storch, mitten in der Nacht! Gottfried mußte ihr genau erzählen, wie der Storch geklappert hatte und was er alles gesagt hatte.

»Der arme Storch«, sagte sie plötzlich, »so allein in seinem Nest.«

»Wieso«, sagte Gottfried, »ich war doch auch allein.«

»Ja«, sagte Cornelia, »das ist eben der Unterschied. Du bist ein Schwein und der Storch nicht.«

»Was hat das damit zu tun?« fragte er spitz. Allmählich wurde er ein bißchen eifersüchtig auf den Storch.
»Na ja«, sagte Cornelia, »der Storch... der Storch...« Jetzt wußte sie nicht mehr, was sie sagen sollte. Sie sah Gottfried an, ob ihm noch etwas zu dem Thema einfiel.
Er überlegte. »Manchmal ist man allein«, sagte er endlich, »und manchmal nicht. Man ist nicht immer allein. Aber manchmal ist man es.«
Sie sah Gottfried bewundernd an. Wie schön er das gesagt hatte!
Dann schwiegen beide und sahen aus dem Fenster, und jeder hatte seine eigenen Gedanken.
Auf einmal fragte Cornelia: »Wollen wir fliegen?«
Gottfried war noch immer ein wenig beleidigt wegen dem alten Storch. »Fliegen lieber nicht«, sagte er vorsichtig.
»Doch, Gottfried, wir fliegen! Jetzt fliegen wir mal richtig!«
Was meinte sie mit richtig?
»Wir fliegen ganz lange weg. Wir nehmen Brote mit.«

Sie nahmen aber doch keine Brote mit. Cornelia legte sich auf seinen Rücken, und sie flogen los. Sie

flogen über das Schwimmbad, über den Sportplatz und dann in großem Bogen zum Meer. Dann kamen sie aber doch nur bis zum ›Otto-Versand‹, weil Cornelia Angst hatte, ihr Vater würde merken, daß sie nicht da war. Gottfried kehrte um.
Auf einmal waren sie über Herrn Groths Gartenhäuschen.
»Herr Groth, gucken Sie mal«, rief Gottfried, »meine neue Freundin!«
Herr Groth kam aus dem Haus. »Gut, Gottfried, gut!«
Er winkte.
Gottfried kreiste noch einige Male über Herrn Groths Haus, dann flog er zurück zu Kopittkes.

Herr Kopittke wollte Gottfried aber loswerden. Er traute sich nur nicht, ihn einfach fortzujagen. ›Wenn das die Nachbarn merken. Die mögen ihn ja wohl!‹ Den ganzen Tag – bei der Arbeit im Büro – dachte er darüber nach, wie er es anfangen konnte, ihn loszuwerden.
›Ich sag' ihm einfach ... ja, was sag' ich ihm denn?‹ grübelte er. ›Nein, ich sag' lieber doch nichts. Oder doch?‹
Als er aber am Montagabend vom Büro nach Hause kam, was sah er da? Viele Leute standen vor dem Hochhaus, Nachbarn und auch Fremde. Sie sahen alle nach oben. Und oben, auf Herrn Kopittkes Balkon, wer stand da? – Gottfried. Er grüßte höflich in die Menge.
»Wir wollen das fliegende Schwein sehen! Wir wollen das fliegende Schwein sehen!« riefen die Leute (obwohl Gottfried ja da stand und alle ihn schon sehen konnten).
Herr Kopittke wurde schwach und lehnte sich an sein Auto.
Gottfried bauschte sich immer mehr auf und reckte sich, und dann federte er ab, weil er losfliegen wollte.

Das konnte Herr Kopittke nicht ertragen. »Stop«, schrie er, »das geht nicht! Das darf er nicht!«
Alle sahen ihn an.
»Was hat der Kopittke bloß?« sagten die Nachbarn.
»Fliegen ist nichts!« rief Herr Kopittke, »das ist nicht erlaubt!« Das hatte er sich schnell ausgedacht.
Da stellte sich Herr Grützmeier vor ihn hin. »Ich will Ihnen mal was sagen, Herr Kopittke, Sie sind ja nur neidisch.«
»Ja! Nur neidisch, haha!« riefen die Nachbarn, und Edeltraud Pietsch rief: »Jawohl! Neidisch! Sie sind ja sowieso ein alter Angeber!«
Alle sahen zu Herrn Kopittke hin, und es wurde ganz still.
Da beugte sich Gottfried über das Balkongitter. »Nein!« rief er, »er ist nicht neidisch, er ist nett zu mir! Er bringt mir das Fahrradfahren bei!«
Herr Kopittke hatte wohl nicht richtig gehört. Wann hatte er denn das gemacht?
»Er bringt mir immer Blumen! Er gibt mir Küsse rechts und links auf die Backen!«
›Rechts und links auf die Backen? Niemals!‹ wollte Herr Kopittke rufen.
Da fuhr Gottfried fort. »Er bringt mir Lesen bei! Er schält mir Äpfel! Er... macht lauter gute Sachen!«
Jetzt drängelten sich die Nachbarn zu Herrn

Kopittke durch, alle wollten ihm die Hand schütteln. »Herr Kopittke, also, das haben wir ja nicht gewußt. Entschuldigen Sie vielmals.«
Schnell fuhr Herr Kopittke mit dem Fahrstuhl nach oben.
Gottfried lag auf dem Sofa und wippte mit den Hinterbeinen.
»Aber Gottfried«, sagte Herr Kopittke, »das mache ich doch nie.«
Gottfried lachte ihn an. »Doch machen Sie das! Sie bringen mir das Fahrradfahren bei, bitte!«
»Na ja, na ja, kann schon sein«, murmelte Herr Kopittke.
Kurze Zeit später kurvte Gottfried auf dem Hof herum, und Herr Kopittke lief hinterher, die Kreuz und die Quer, und hielt ihn fest, und Cornelia sagte immerzu: »Toll, Gottfried, geht schon gut, Gottfried«, und so weiter. Nach ein paarmal Hinfallen hatte er es gelernt, und Herr Kopittke sagte: »Na ja, na ja, geht schon gut, wenn er nur nicht so furchtbar lügen würde.«

An diesem Abend vertrugen sich Gottfried und Herr Kopittke sehr gut. Sie spielten ›Mensch ärgere dich nicht‹, und Gottfried kriegte einen geschälten Apfel zur Belohnung, weil er Sieger war. Zufrieden

saß er in der Sofaecke, schlug die Beine übereinander und lächelte Herrn Kopittke an.
Herr Kopittke tat so, als wenn er es nicht merken würde, und blickte immerzu starr ins Fernsehen hinein. Aber später, als Sendeschluß war, sagte er:

»Sag mal, Gottfried, wie meintest du das mit dem Kü... also diesem Küssen da, von dem du vorhin gesprochen hast, äh...« Herr Kopittke konnte nicht weiterreden, so peinlich war ihm das Thema.
Gottfried machte die Augen zu. Weil er einen Kuß kriegte, machte er die Augen zu und tat, als wenn er schlafen würde.

Gottfrieds Mondfahrt

Gottfried und Cornelia fuhren Fahrrad. Es war Abend. Herr Kopittke lieh ihnen sein Rad, und los ging die Fahrt, immer kreuz und quer um die Häuserblocks herum.

Gottfried legte sich nach vorn wie ein Rennfahrer.

»Hoiaho, Schweinebacke, haha!«

Da sauste er schon in die Kurve.

»Nicht so schnell, Gottfried, nicht so schnell!«

Huiii, riß er das Vorderrad hoch und fuhr nur auf dem Hinterreifen.

»Du kannst das ja, Gottfried!«

»Jaha!«

Eine Frau, die ihren Hund ausführte, staunte: »Da wird ja der Hund in der Pfanne verrückt, das ist ja ein Zirkuskünstler!«

Und huiii, an Hecken und Gärten vorbei. Da war das Gartenhäuschen von Herrn Groth, und da war Herr Groth selber.

»Hallo, Herr Groth!«

»Hallo, Kinder! Vorsichtig, hört ihr!«

»Ja!«

Und schneller ging die Fahrt. Bis sie nicht mehr konnten. Sie setzten sich auf eine Bank. Cornelia lehnte sich an Gottfrieds Schulter. Lange saßen sie

da. In den Hecken rauschte ein leiser Wind. Es wurde allmählich dunkel. Die ersten Sterne kamen.
»Gottfried«, sagte Cornelia, »du hast mir nie erzählt, wie es in den Sternen war.«
Erst wollte er nichts sagen. Dann sagte er: »Einerseits schön. Und andererseits... furchtbar. So allein da oben.«
Bei dem Gedanken fing er an zu frieren. Sie legte ihm ihre Jacke um. »Dann fliegst du auch nicht mehr weg, Gottfried?«
»Nein.«
Eine Weile saßen sie noch da. Der Mond ging am Himmel auf. Gottfried starrte immerzu in den Mond.
Plötzlich setzte er sich auf das Rad und sprang über die Hecken – herüber, hinüber –, und auf einmal erhob er sich mit dem Rad in die Luft, über die Häuser, über die Gärten und flog geradenwegs auf den Mond zu.
Cornelia rannte verzweifelt hin und her. »Komm zurück! Zurück, Gottfried!«
Aber er wurde immer kleiner. Wie ein Floh hüpfte er da mit dem Fahrrad vor dem Mond auf und ab.
»Der kommt zurück, glaub es mir«, sagte Herr Groth, und richtig, wenig später landete er in Herrn Groths Gemüsebeet, neben einem Kürbis.

»Phantastisch!« sagte Herr Groth, aber Cornelia sagte nichts. Sie sah Gottfried mit großen Augen an.

Cornelia war sehr traurig. »Gottfried, du liebst mich nicht, du machst mit mir Schluß, ich weiß es.« Sie weinte.
»Nein, bestimmt nicht, Cornelia.«
Traurig schoben sie ihre Räder nach Hause. Wie sollte er ihr nur klarmachen, daß er sie liebte? »Cornelia, du... ich bleibe immer bei dir. Und du bleibst immer bei mir.«
»Das sagst du so!« Sie schmiß ihr Rad auf den Weg. »Erst versprichst du es, und dann machst du es doch nicht.«
»Doch, Cornelia, ganz bestimmt mache ich es.«
»Wirklich?«
»Wirklich.«
Da war sie wieder ruhiger.
Sie brachten die Räder in den Fahrradkeller. Und da, mitten zwischen den Rädern, gab er ihr einen langen Kuß. Das Licht ging aus – es schaltete sich automatisch aus –, und es war ihnen ein bißchen gruselig zumute, so im Dunkeln. Aber doch war es warm und schön, wie sie sich gegenseitig hielten.
Da ging das Licht an.
»Was macht ihr denn hier!«

Herr Kopittke war es. Sie fuhren auseinander und sahen sich erschrocken an.
»Er war auf dem Mond«, sagte Cornelia schnell, aber da wurde Herr Kopittke noch böser. Mit hängenden Köpfen gingen sie nach oben.

Beim Sonntagmorgenfrühstück, am nächsten Tag, sah Herr Kopittke Gottfried immer noch böse an. Und dann sagte er: »Wir machen eine Autotour. Aber Gottfried kommt nicht mit.«
»Papa, warum denn nicht?«
»Nein.«
Gottfried war den ganzen Tag allein. Er wanderte von der Küche ins Wohnzimmer, von da ins Kinderzimmer und wieder zurück in die Küche.
Später ging er nach draußen.
An der Sandkiste saßen Mütter und auch einige Väter mit ihren Kindern. Gottfried setzte sich auf eine Bank.
Eine Frau sagte: »Ach, Gottfried, ich habe meine Lesebrille vergessen. Sei so gut! Drittes Bord oben rechts, das Fenster ist offen.«
Gottfried flog durch das Fenster in ihre Wohnung, suchte die Lesebrille und brachte sie ihr.
Eine andere Frau sagte: »Ich hab' mein Strickzeug vergessen. Das Henkelkörbchen bei der Tür. Die Gummistiefel kannst du gleich mit raufnehmen.«
Da machte Gottfried so eine Art Luftfahrtdienst, hinauf und herunter, dafür bekam er aber auch allerhand Gutes zu essen: ein Fischbrötchen, eine

Frikadelle, drei Äpfel, Kartoffelsalat und mehrere Stücke Butterkuchen.
Von ferne aber sah ein Taxifahrer das Treiben. Er rief die Polizei an. »Hier, Raubüberfall! Ein Schwein steigt in Fenster ein und trägt Sachen heraus.«
Gleich kam die Polizei. »Welches Schwein? Dieses?«
»Nein«, sagten die Frauen, »er hat uns geholfen.«
In dem Moment kam das Auto von Kopittkes angefahren. Herr Kopittke stieg als erster aus. »Was ist los?«
»Dieses Schwein soll Sachen gestohlen haben«, sagte ein Polizist.
»Das paßt zu ihm«, sagte Herr Kopittke. »Er macht geheimnisvolle Mondfahrten. Er hört nicht auf mich. Er belästigt meine Tochter.«
Als er den letzten Satz gesagt hatte, sahen alle zu Gottfried hin.
»Stimmt das, Herr Gottfried?« Herr Grützmeier trat vor. »Sie als Schwein belästigen ein Kind?«
Gottfried wurde rot. »Was ist belästigen?« fragte er leise.
»Wenn man jemand antatscht. Angrapscht. Jemand anfaßt eben.«
»Kü... küssen auch?« fragte Gottfried.

»Ja, küssen, klar, küssen! Haben Sie das gemacht?«
»Bißchen«, mußte Gottfried zugeben.
»Sie als Schwein haben also ein Mädchen geküßt?« fragte Herr Grützmeier.
»Und ob!« Jetzt wurde Gottfried wieder stolz und reckte sein Ringelschwänzchen in die Höhe. »Darf man das nicht?«
Nein, das war auch den Müttern zuviel. Sie rissen ihre Kinder an sich. »Schämen Sie sich!«
»Da ist der auch noch stolz drauf.«
Die Polizisten aber tippten sich an die Mütze. »Wir gehen. Wegen dem bißchen Schweineküsserei verlieren wir unsere Zeit.«
Aber keiner beachtete sie. Alle sahen auf Gottfried.
»Das arme Mädchen!« sagte eine Frau.
Plötzlich sahen alle auf Cornelia.
»Hast du dich denn küssen lassen?«
Cornelia wurde rot. Sie sagte nichts.
»Komm!« Herr Kopittke zog sie ins Haus hinein. Die anderen gingen auch.
Da stand nun Gottfried allein auf dem Spielplatz. Da fiel ihm ein, daß er gar nicht gesagt hatte, daß er Cornelia gern hatte. »Ich mag sie doch!« rief er zu den Fenstern hinauf. »Ich mag sie doch so gerne! Sie ist so schön! Wenn sie lacht! Wenn sie die Locken schüttelt!«

Jetzt war ihm alles egal. Alle sollten es hören. »Sie ist so lieb!« rief er. »Sie hat mich auch geküßt!«
»Schnauze!« rief es von den Fenstern herunter. Ein Eimer Wasser wurde heruntergekippt, aber er traf ihn nicht.
Da tippte ihn einer auf die Schulter. »Gottfried, komm lieber mit, du regst dich zu sehr auf.« Herr Groth war es.

Schokolade und Kartoffelfeuer

Kurze Zeit später saßen sie auf der Gartenbank von Herrn Groths Häuschen. Gottfried weinte sich erst mal ein bißchen aus. Dann wurde er wieder ruhiger. Lange dachte er nach. ».. . Wenn ich jemand gern habe, darf ich ihn doch antatschen, oder?«

»Ja«, sagte Herr Groth und streichelte ihm über den Hinterkopf.
»Warum finden die das denn so schlimm?«
»Wahrscheinlich, weil du ein Schwein bist, Gottfried.«
»Ist Schwein schlimm?«
»Nein«, sagte Herr Groth, »Schwein ist genauso gut, nur anders.«
Er stand auf. »Jetzt hol' ich mal die Dose aus dem Küchenschrank. Ich glaube, da muß noch was Gutes drin sein.«
Und dann saßen sie im Abendrot und lutschten Bonbons und aßen Kekse, und Herr Groth holte noch eine Tafel Schokolade, die sie sich teilten. Ab und zu schluchzte Gottfried und zog die Nase hoch, aber Herr Groth sah ihn streng an: »Das läßt du mal, Gottfried, das gehört sich nicht. Auch wenn man traurig ist, muß man sich benehmen.«
Gottfried saß jetzt ganz gerade da und schluchzte nicht mehr. Er riß sich sehr zusammen. Von Zeit zu Zeit warf er Herrn Groth einen seitlichen Blick zu.
Es wurde dunkel. Jetzt erhob sich Herr Groth. Er sammelte alte Äste und machte damit ein Feuer. Er holte Kartoffeln und legte sie ins Feuer. Dann rief er Gottfried. Aber Gottfried wollte nicht kommen. Da mußte Herr Groth sich allein ans Feuer setzen.

Aber leise, leise kam Gottfried aus der Dunkelheit und setzte sich neben Herrn Groth. Ruhig und ganz gerade saß er am Feuer. Nur seine Ohren zitterten ein wenig, sonst benahm er sich sehr gut... Herr Groth sah ihn ein paarmal freundlich an. Jetzt wurde es Gottfried ganz warm, seine Ohren fingen regelrecht an zu glühen. Herr Groth holte die Kartoffeln aus dem Feuer, und sie aßen sie alle auf. Sie hatten eine braune Kruste und schmeckten gut.
Das Feuer brannte allmählich nieder. Sie gingen ins Haus. Gottfried legte sich auf die Luftmatratze, die Herr Groth für ihn zurechtgemacht hatte. Herr Groth knipste das Nachtlämpchen aus. Gottfried schnaufte noch mal kurz, und dann war er eingeschlafen.

Gartenkunst

Am nächsten Morgen, als Gottfried aufwachte, fiel ihm aber wieder alles ein, was beim Hochhaus passiert war. Jetzt wollte er am liebsten gar nicht aufstehen, aber Herr Groth schleppte ihn zum Rasen, und da lag er und grübelte und grübelte. Herr Groth holte seinen Klapphocker und setzte sich zu ihm. Seine Thermosflasche hatte er mitgebracht, und so tranken sie wenigstens erst mal in aller Ruhe Kaffee.

Gottfried dachte die ganze Zeit nach. Plötzlich sagte er: »Fliegen ist nichts.«

»Aber Gottfried, Fliegen ist doch ganz was Schönes«, sagte Herr Groth.

Doch Gottfried schüttelte den Kopf. »Fliegen ist nichts, das sieht nicht schön aus.«

Jetzt wurde Herr Groth ein bißchen ärgerlich. »Woher hast du das, wer erzählt dir denn solchen Unsinn?«

Da kam es heraus: Gottfried fand sich selber nicht mehr gut. »Gucken Sie mal hier«, sagte er. Er hob mit beiden Pfoten die Ohren hoch. »Die Ohren, viel zu lang sind sie. Und hier, der Rüssel!« Er sah Herrn Groth jammervoll an.

»Ja, was ist mit dem Rüssel?« fragte Herr Groth.

»Das sieht nicht aus, das sieht man doch gleich«, sagte Gottfried.
»Was sieht man gleich?«
»Daß ich ein Schwein bin! Das sieht man!« brach es aus Gottfried heraus.
Herr Groth schüttelte den Kopf. Er fing an, im Garten zu arbeiten. Er harkte den Weg, schnitt die Büsche, machte Blumen an Stöcken fest. Aber immer sah er besorgt zu Gottfried hinüber.
Auf einmal murmelte Gottfried etwas. Herr Groth verstand es nicht. Er beugte sich zu ihm hinunter und legte das Ohr ganz nah an seinen Rüssel. Da hörte er: »Ich geh' in den Stall zurück, das mach' ich. Ich geh' in den Stall zurück, das mach' ich.«
Herr Groth bekam einen Schreck. »Aber Gottfried«, sagte er, »hier hast du es doch viel schöner als im Stall.«
Doch Gottfried ließ sich nicht davon abbringen: »Ich geh' in den Stall zurück. Das mach' ich.«
Ganz bedrückt stand Herr Groth da. Wie sollte er ihm das nur ausreden?
In dem Moment sah der Nachbar über die Hecke, er hieß Herr Liesewetter. »Wem gehört das?« fragte er; er meinte Gottfried.
»Er gehört niemand. Er ist sein eigener Herr«, sagte Herr Groth.

»Oh«, sagte Herr Liesewetter und kratzte sich den Kopf, »das ist ja ein erstaunlicher Brocken.«
»Ein erstaunlicher Brocken? Das ist kein Brocken. Das ist ein sehr schlankes Schwein.«
»Oh, wenn Sie meinen...« sagte Herr Liesewetter. So streitsüchtig hatte er Herrn Groth noch nie erlebt.
»Ja«, sagte Herr Groth, »er hat gerade ein schweres Erlebnis hinter sich. Da darf man ja wohl traurig sein.«
»Darf man, darf man ohne weiteres.« Herr Liesewetter nickte eifrig.
»Alle hacken auf ihm herum«, erzählte Herr Groth, »dabei ist er so nett und feinsinnig.«
»Feinsinnig? Oha«, sagte Herr Liesewetter, »kann ein Schwein fein...«
»Ja, feinsinnig«, sagte Herr Groth. »Nett und elegant und feinsinnig. Und gutaussehend. Und sehr, sehr klug.«
»Klug? Oh...«
»Und wissensdurstig«, sagte Herr Groth. »Alles, alles will er wissen. Über das Leben, verstehen Sie?«
»Ja«, sagte Herr Liesewetter. Er war sehr von Gottfried beeindruckt.
Plötzlich sagte er: »Ich bin auch sehr wissensdurstig.«

Er zog ein Buch aus seiner Jackentasche. *Gartenkunst* hieß der Titel. »Gucken Sie mal hier, das lese ich alles.«
Jetzt freute sich Herr Groth. Gartenkunst war nämlich sein Lieblingsthema, und so fing er gleich mit Herrn Liesewetter ein Gespräch über Gartenkunst an. Alles nahmen sie durch: die Heckenrose, das Salatblatt, dann wieder die Tulpenzwiebel, das Stiefmütterchen, dann waren sie schon bei der Frühgurke angelangt – und vergaßen darüber Gottfried.
Gottfried hatte aber alles mitgehört. Jetzt hörte er nicht mehr zu. Aber innerlich zitterte er vor Freude. Was Herr Groth für gute Sachen über ihn gesagt hatte! ›Ob das wohl stimmt? Ob das wohl stimmt, was ich bin?‹
Jetzt fand er sich auf einmal wieder sehr hübsch. Die wundervollen Stoppelborsten glänzten in der Morgensonne, das Schwänzchen kräuselte sich, der Wind strich über das Salatbeet und legte sich in seine Ohren.
Er sah sich unternehmungslustig um und ruckte und zuckte mit seinem Reisetäschchen. ›Na, ob ich mal wieder was mache? Ob ich nicht mal wieder wegfliege?‹ Und schon flog er über das Erdbeerbeet. Glücklich machte er einen Sprung über die Gartenpforte. Er wackelte zwar noch ein bißchen, aber es

ging. Jetzt flog er höher und höher, immer höher und höher...

Und die beiden Nachbarn merkten noch nicht einmal, daß er weg war, so waren sie in das Gespräch vertieft.

Schluss

Mimi Lütt hängte gerade Wäsche auf, da sah sie Gottfried. Erst war er ein kleiner Punkt, dann kam er näher und näher. Sie erkannte ihn gleich. »Willi, Willi, guck mal, wer da kommt!« rief sie.

Ihr Bruder Willi kam aus dem Haus. »Donnerwetter, das ist ja Gottfried!«
Und da war er auch schon. »Hallo«, sagte er mit etwas belegter Stimme.
»Na, Gottfried?« Mimi blitzte ihn an. »Du alter Ausreißer!«
Erst wollte sie schimpfen, aber dann schimpfte sie doch nicht. Sie zog ihn am Ohr und zwickte ihn in die Backe, und dann gab sie ihm einen freundschaftlichen Klaps auf das Hinterteil.
Gottfried war zwar etwas eingeschnappt deswegen, aber im Grunde war er sehr froh. Er sah ihr freundlich in die Augen, und dann sah sie ihm auch freundlich in die Augen, und da hatten sie sich schon begrüßt.

GULLIVERS BÜCHER

Taschenbücher
für Kinder
bei Beltz & Gelberg

Eine Auswahl

Klaus Kordon
30 DIE REISE ZUR WUNDERINSEL
Eine fast wahre Geschichte
Bilder von Jutta Bauer
184 S. (78030) ab 11

Janosch
31 POST FÜR DEN TIGER
Vierfarbiges Bilderbuch
48 S. (78031) ab 5

Christine Nöstlinger
32 ZWEI WOCHEN IM MAI
Mein Vater, der Rudi,
der Hansi und ich
Roman
208 S. (78032) ab 11

Paul Maar
33 DANN WIRD ES WOHL DAS NASHORN SEIN
Rätselhaftes ABC
Vierfarbig
64 S. (78033) ab 6

34 DAS TAGEBUCH DES DAWID RUBINOWICZ
Aus dem Polnischen
Hrsg. von Walther Petri
Fotos aus dem
DEFA-Dokumentarfilm
»Dawids Tagebuch«
120 S. (78034) ab 12

Peter Härtling
35 ALTER JOHN
Erzählung
Bilder von Renate Habinger
112 S. (78035) ab 10

Marina & Wolfdietrich Schnurre
36 DIE SACHE MIT DEN MEERSCHWEINCHEN
Erzählung
Bilder von Thomas Röder
48 S. (78036) ab 6

Klaus Kordon
37 ICH BIN EIN GESCHICHTENERZÄHLER
Viele Geschichten und ein Brief
136 S. (78037) ab 10

Erwin Moser
38 EDI NUSSKNACKER UND LILI WEISSWIESCHNEE
Geschichte mit farbigen Bildern
32 S. (78038) ab 5

Arnulf Zitelmann
39 KLEINER-WEG
Abenteuer-Roman aus der
Frühzeit
Bilder von Willi Glasauer
200 S. (78039) ab 12

Arnulf Zitelmann
40 DER TURMBAU ZU KULLAB
Abenteuer-Roman aus
biblischer Zeit
Bilder von Arno Görlach
240 S. (78040) ab 12

Arnulf Zitelmann
41 ZWÖLF STEINE FÜR JUDÄA
Abenteuer-Roman aus dem
Jüdisch-Römischen Krieg
216 S. (78041) ab 12

Arnulf Zitelmann
42 JENSEITS VON ARAN
Abenteuer-Roman aus Altirland
200 S. (78042) ab 12

Mirjam Pressler
43 NUN RED DOCH ENDLICH
Roman
160 S. (78043) ab 12

Dagmar Matten-Gohdes (Hrsg.)
44 GOETHE IST GUT
Ein Goethe-Lesebuch für Kinder.
Mit Abbildungen und
Erklärungen. Zeichnungen
von Marie Marcks
200 S. (78044) ab 12

Christine Nöstlinger
45 JOKEL, JULA UND JERICHO
Erzählung
Bilder von Edith Schindler
124 S. (78045) ab 7

Klaus Kordon
46 BRÜDER WIE FREUNDE
Roman
152 S. (78046) ab 10

Erwin Moser
47 TIERISCHES VON A BIS Z
Bilder & Verse
Vierfarbig
32 S. (78047) ab 5

Helga Gebert
48 RIESEN & DRACHEN
Märchen. Aus dem Englischen
und mit Federzeichnungen von
Helga Gebert
192 S. (78048) ab 8

Janosch
49 TRAUMSTUNDE FÜR SIEBENSCHLÄFER
Vierfarbige Bildergeschichte
32 S. (78049) ab 5

Hans-Joachim Gelberg (Hrsg.)
50 ÜBERALL UND NEBEN DIR
Gedichte für Kinder
in sieben Abteilungen
Mit Bildern von vielen Künstlern
304 S. (78050) Kinder & Erw.

Sigrid Heuck
51 DIE REISE NACH TANDILAN
Abenteuer-Roman
224 S. (78051) ab 11

Klaus Kordon
52 TAGE WIE JAHRE
Roman
136 S. (78052) ab 10

Erwin Moser
53 EIN AUFREGENDER TAG IM LEBEN VON FRANZ FELDMAUS
Die abenteuerliche Geschichte
von Franz Feldmaus
Vierfarbig
32 S. (78053) ab 5

Helga Gebert
54 ZWERGE
Märchen. Aus dem Englischen
und mit Federzeichnungen
von Helga Gebert
188 S. (78054) ab 8

Janosch
55 DIE LÖWENREISE
Jeden Abend eine Geschichte
Zeichnungen von Janosch
164 S. (78055) ab 7

Tonke Dragt
56 DER WILDE WALD
Abenteuer-Roman
Aus dem Niederländischen
416 S. (78056) ab 11

Iva Procházková
57 DER SOMMER HAT ESELSOHREN
Erzählung
Aus dem Tschechischen
Bilder von Svend Otto S.
220 S. (78057) ab 10

Waldrun Behncke
58 GOTTFRIED, DAS FLIEGENDE SCHWEIN
Erzählung
Farbige Bilder von Jutta Bauer
112 S. (78058) ab 7

Mirjam Pressler
59 KATHARINA UND SO WEITER
Erzählung
Bilder von Edith Lang
148 S. (78059) ab 7

Erwin Moser
60 DER MOND HINTER DEN SCHEUNEN
Eine Fabel von Katzen, Mäusen
und Ratzen
Kapitelzeichnungen von
Erwin Moser
272 S. (78060) ab 8

Frederik Hetmann
61 ALS DER GROSSE REGEN KAM
Märchen & Geschichten
der amerikanischen Schwarzen
Bilder von Frank Ruprecht
160 S. (78061) ab 12

Josef Guggenmos/Günter Karl
62 ES GINGEN DREI KINDER DURCH DEN WALD
Vierfarbiges Bilderbuch
40 S. (78062) ab 4

Tonke Dragt
63 DAS GEHEIMNIS DES SIEBTEN WEGES
Abenteuer-Roman
Aus dem Niederländischen
Bilder von Tonke Dragt
312 S. (78063) ab 12

Clyde R. Bulla
64 WEISSER RABE
Erzählung. Aus dem
Amerikanischen. Bilder
von Sabine Friedrichson
64 S. (78064) ab 6

65 RÖCKENER'S GECKO
Ein Magazin
64 S., teils vierfarbig
(78065) ab 8

Simon & Desi Ruge
66 KATZE MIT HUT
Roman für Kinder in zehn
Geschichten
Bilder von Helga Gebert
212 S. (78066) ab 8

67 NEUE KINDERGESCHICHTEN
Ausgewählt aus Manuskripten
zum Peter-Härtling-Preis
Mit einem Anhang
72 S. (78067) ab 12

Helga Gebert
68 MEERMÄDCHEN UND WASSERMÄNNER
Märchen. Aus dem Englischen
und mit Federzeichnungen
von Helga Gebert
168 S. (78068) ab 8

Klaus Kordon
69 EINER WIE FRANK
Roman
168 S. (78069) ab 10

Josef Guggenmos
70 ZWEI MIT VIER BEINEN
Rätsel über Rätsel
Bilder von
Rotraut Susanne Berner
76 S. (78070) ab 8

Mildred D. Taylor
71 DONNERGROLLEN, HÖR MEIN SCHREI'N
Roman
Aus dem Amerikanischen
236 S. (78071) ab 12

Janosch
72 DAS GEHEIMNIS DES HERRN JOSEF
Geheimnisgeschichten
Farbige Bilder von Janosch
64 S. (78072) ab 8

Peter Härtling
73 JAKOB HINTER DER BLAUEN TÜR
Roman
Bilder von
Sabine Friedrichson
104 S. (78073) ab 10

Janosch
74 THE TRIP TO PANAMA
(Oh, wie schön ist Panama)
Vierfarbiges Bilderbuch
48 S. (78074) ab 5

Janosch
75 THE TREASURE-HUNTING TRIP
(Komm, wir finden einen Schatz)
Vierfarbiges Bilderbuch
48 S. (78075) ab 5

Janosch
76 A LETTER FOR TIGER
(Post für den Tiger)
Vierfarbiges Bilderbuch
48 S. (78076) ab 5

Karin Gündisch
77 IM LAND DER SCHOKOLADE UND BANANEN
Zwei Kinder kommen in ein
fremdes Land. Erzählung
Bilder von Peter Knorr
120 S. (78077) ab 8

Erwin Moser
78 MANUEL & DIDI DER FLIEGENDE HUT
Kleine Mäuseabenteuer im
Frühling
Vierfarbige Bildergeschichten
48 S. (78078) ab 4

Mirjam Pressler
79 NOVEMBERKATZEN
Roman
208 S. (78079) ab 12

Janosch
80 DIE GESCHICHTE VON ANTEK PISTOLE
Ein Räuber-Roman aus Margarinien
Bilder von Janosch
48 S. (78080) ab 8

Tonke Dragt
81 DIE TÜRME DES FEBRUAR
Phantastischer Roman
Aus dem Niederländischen
224 S. (78081) ab 12

Helga Gebert
82 DER DRACHE DES NORDENS
Märchen. Aus dem Englischen und mit farbigen Bildern von Helga Gebert
40 S. (78082) ab 6

Frantz Wittkamp
83 ICH GLAUBE, DASS DU EIN VOGEL BIST
Verse und Bilder
Bleistiftzeichnungen von Frantz Wittkamp
104 S. (78083) ab 10

Erwin Moser
84 MANUEL & DIDI
DER GROSSE PILZ
Kleine Mäuseabenteuer im Sommer
Vierfarbige Bildergeschichten
48 S. (78084) ab 4

Hans-Joachim Gelberg (Hrsg.)
85 GEH UND SPIEL MIT DEM RIESEN
Erstes Jahrbuch der Kinderliteratur
Mit teils vierfarbigen Bildern
304 S. (78085) Kinder & Erw.

Benno Pludra
86 DAS HERZ DES PIRATEN
Roman. Bilder von Jutta Bauer
176 S. (78086) ab 10

Frantz Wittkamp
87 OBEN IN DER RUMPELKAMMER
Vierfarbiges Bilderbuch
Mit Spielreimen
40 S. (78087) ab 3

Simon und Desi Ruge
88 DAS KÜHNE MÄDCHEN
Geschichten aus dem Hemdsärmel
Bilder von Verena Ballhaus
136 S. (78088) ab 8

Michail Krausnick
89 BERUF: RÄUBER
Vom schrecklichen Mannefriedrich und den Untaten der Hölzerlips-Bande
Eine historische Reportage
Mit alten Stichen, Fotos und einem kleinen Gauner-Lexikon
176 S. (78089) ab 12

Erwin Moser
90 DER EINSAME FROSCH
Fabelhafte Geschichten
Bilder von Erwin Moser
88 S. (78090) ab 8

91 ALLES ZAUBEREI
Geschichten, Bilder, Tricks & Rätsel
ca. 80 S. (78091) ab 9

Christoph Hein
92 DAS WILDPFERD UNTERM KACHELOFEN
Ein schönes dickes Buch von Jakob Borg und seinen Freunden. Bilder von Rotraut Susanne Berner
256 S. (78092) ab 8

Frederik Hetmann
93 WILDWEST-SHOW
Geschichten über Geschichten
Bilder von Helga Gebert
144 S. (78093) ab 10

Erwin Moser
94 MANUEL & DIDI
DIE BAUMHÜTTE
Vierfarbige Bildergeschichten
48 S. (78094) ab 4

Hans-Joachim Gelberg (Hrsg.)
95 AM MONTAG FÄNGT DIE WOCHE AN
Zweites Jahrbuch der Kinderliteratur
Mit teils vierfarbigen Bildern
304 S. (78095) Kinder & Erw.

Christine Nöstlinger
96 DIE KINDER AUS DEM KINDERKELLER
Aufgeschrieben von Pia Maria Tiralla, Kindermädchen in Wien
Bilder von Heidi Rempen
88 S. (78096) ab 8
(erscheint im Januar 1991)

Esther Hautzig
97 DIE ENDLOSE STEPPE
Roman. Aus dem Englischen
248 S. (78097) ab 12
(erscheint im Januar 1991)

Hans Manz
98 ADAM HINTER DEM MOND
Zärtliche Geschichten
Bilder von Edith Schindler
112 S. (78098) ab 10
(erscheint im Januar 1991)

Erwin Moser
99 MANUEL & DIDI
DER SCHNEEMENSCH
Vierfarbige Bildergeschichten
48 S. (78099) ab 4
(erscheint im Januar 1991)

GULLIVERS BÜCHER

Taschenbücher für Kinder bei Beltz & Gelberg